LE ROI DES ZONES

à V.
à M.G.

© 2010
© 2017 pour la présente édition

Illustrations de l'auteur, sauf p.21 :
Köhler's Medizinal-Pflanzen, vol.3 (1887)

Éditeur : BoD - Books on Demand,
12/14, rond-point des Champs-Élysées, Paris, France
Impression : BoD - Books on Demand, Norderstedt, Allemagne

Ces textes ont d'abord paru sur oniris.be, de 2007 à 2008

ISBN : 978-2-322-13789-3
Dépôt légal : février 2017

i zimbra

LE ROI DES ZONES

et autres textes

LE ROI DES ZONES

Je retrouvai l'immense gare après quatre jours à marcher dans la ville. Le Hambourg-Paris, départ 22h50, était en quai.

À l'aller, j'avais fait halte à Cologne au prétexte de voir sa cathédrale. Monumental était un mot insignifiant avant que je voie le Kölner Dom.

Sa verticalité, pour l'instant, tient en respect le béton et le polymère industriel.

Mais Hambourg, Ville-État, se plaît horizontale. Curieux port maritime à plus de cent kilomètres de la côte... À la vérité, la Mer a sa garçonnière dans ce jovial hinterland. Elle entrepose chez celle qu'on appelle la *Porte sur le monde* des trésors qui seraient livrés ailleurs à la muséologie.

L'Elbe, après avoir servi de *rideau de fer* sur 80 km, arrivait ici le lendemain. Ses rives dans les frimas de janvier, quand *entre chien et loup* dure des plombes, donnent plutôt l'idée d'un *finis terrae* lorsque, poussant la porte d'un bar d'Altona pour se réchauffer, on découvre des dockers buvant en compagnie d'une galerie de masques dogons. Dans le gasthaus suivant, on imagine qu'un plénipotentiaire masaï a payé son séjour chez l'indigène avec sa verroterie.

Poussez une autre porte, elle s'ouvre sur une autre partie du monde ; ici vous tombez nez à nez avec les avatars de Vishnu, là c'est Sinbad qui est venu alléger les cales de son navire pour le libérer d'un énième échouage.

Derrière la porte de la pension E***, sur les Colonnaden, je découvris qu'une famille que j'avais m'attendait, et j'étais gêné de rentrer les mains vides.

La porte sur le monde a érigé un mémorial où elle se représente par son antithèse : le Passage du Styx. Car en juillet 43, elle fut porte vers les Enfers. Les vivants ont reconstruit des ponts ; Venise et Amsterdam ensemble n'en ont pas autant.
Les caractères humaniste et marchand de la ville sont visibles partout, mais s'appréhendent de manière syncrétique devant les vitrines de la Herbertstraße. Libre et hanséatique jusqu'au stupre *.
C'est aussi dans ce quartier que l'artiste le plus fameux de l'époque, assassiné trente jours plus tôt, disait avoir grandi. Mais j'avais pensé à tout autre chose, parce que j'étais trop allé en pèlerinage avant d'avoir grandi.

Je trouvai une place dans un compartiment où une préadolescente portugaise venait de s'installer, accompagnée jusqu'au quai par une nombreuse famille émue, et pour le voyage par deux femmes sévères. La jeune oie, probablement bien née, réfrénait des bâillements pour toute politesse à l'adresse du cortège.

---

* « La Ville libre et hanséatique de Hambourg » est le nom complet de la ville. La Hanse est une association de ports marchands de l'Europe du Nord.

Le peuple le plus dispersé du monde a naturellement sa colonie dans la capitale du cosmopolitisme. Chacun prend et laisse, à son corps défendant. Au milieu du grouillement culturel, le goût s'affirme. Le mauvais goût est tenu en respect. S'il sert de repoussoir, on n'a que le bon goût. Si on l'utilise comme mère de vinaigre *, on peut avoir de l'art.

Je n'avais rencontré ici que le mauvais goût français. Sur les boulevards, des panneaux géants annonçaient que l'interprète de la *Lettre à ma Mère* arrivait en ville pour étirer sa guimauve. Steinway & Sons, phare du raffinement local, ne fabriquait pourtant pas des machines à barbe à papa.

Le train partit, je lisais. Vers Brême, il sembla opportun de fermer son livre et de proposer par un signe d'éteindre la lumière. La jeune fille réagit avec une légère véhémence ; je compris qu'elle avait peur du noir, et les sombres duègnes me firent non de la tête. Comme je ne sentis pas de possibilité d'alliance rebelle chez l'autre moitié des passagers, l'affaire était réglée.

Quand je voulus reposer mes yeux, je sortis m'accouder à la vitre du couloir et contemplai la nuit traversée par quelques réverbères.

Le couloir baignait dans une veilleuse jaune, tandis que depuis l'orient un observateur n'aper-

---

* mère de vinaigre : masse gélatineuse, de nature bactérienne, nécessaire à la fabrication du vinaigre.

cevait plus de nous qu'un ver luisant filant à travers les ténèbres.

Au bout de minutes peu dénombrables, j'avisai une femme qui sortait d'un compartiment, un peu plus loin vers la tête du train. Il n'y avait pas de quoi sursauter, sauf qu'elle avait sa valise en main, ce qui me fit penser qu'il n'y avait pas d'arrêt proche.

Trois minutes après, ce fut le tour d'un homme. Puis, laissant encore passer un couple avec bagages se dirigeant vers le nord, je me trouvai distrait pour de bon : fuyait-on la compagnie du pétomane du Schleswig-Holstein partant en tournée ?

Le manège se reproduisit jusqu'au moment où je craignis de voir à l'envers le sketch de la cabine de bateau par les Marx Bros *.

Il en sortit encore un, ça ne pouvait pas faire moins de huit. Quand il eut disparu lui aussi, j'allai faire coulisser la porte du compartiment. Un compartiment vide dans un train bondé. Rien que pour moi.

Avant de prendre mes nouveaux quartiers, je récupérai mon sac chez l'infante du Portugal.

Sei ruhig, bleibe ruhig, mein Kind 15

Je suis certes un garçon qui se pose des questions, mais j'y mets mes propres priorités.

* Dans *Une Nuit à l'Opéra*, on voit des personnages entrer un à un dans une cabine, en quantité sans rapport avec la taille d'icelle.

15. Sois calme, reste tranquille, mon enfant

Le pourquoi de l'exil massif, quoiqu'excitant intellectuellement, m'importait peu dès lors que j'étais assuré des qualités thermique et olfactive de l'atmosphère du compartiment, et des faibles chances qu'il avait de se détacher du wagon. Si aucun de mes huit prédécesseurs n'avait tiré le signal d'alarme, de quoi me fussé-je alarmé ?

Et s'il y avait un esprit malin là-dedans, il savait qu'à Malin, Malin et demi, et que j'étais celui-là.

Mi-affalé dans le sens de la marche, je goûtais un confort relatif mais que je mesurais au superflu ; soit une banquette entière de reste.

Je me sentais hambourgeois : le citadin le moins à l'étroit au monde. Tandis qu'à côté on était serré comme des Parisiens.

L'attelage ferroviaire entra dans une galaxie qui, de ses furieuses volutes soufre, nous expulsa longuement. Depuis l'aube du Huitième Jour, la Ruhr officiait sa théurgie.

Wer reitet so spät durch Nacht und Wind ? [1]

Allongé, j'écoutais les Variations sur rails pour bogies en roulis. Au premier passage piano, je perçus une ligne de basse qui n'était pas dans la partition. J'ouvris les yeux pour localiser – par synesthésie – la source sonore comme étant l'autre banquette. Elle ronflait. Il faut constater le fait apparent avant de le réfuter en illusion, et cette banquette ronflait.

1. Qui chevauche si tard par la nuit et le vent ?

L'hypothèse qu'il y avait quelqu'un dessous ne se fit pas instantanément, mais plus rapidement que s'il se fût agi du Turc de Kempelen en train de pousser du bois *, car on ne soupçonne pas chez un siège un organe vibratile ayant un tel degré de liberté.

La tête au ras de ma banquette, je scrutai la pénombre. Dans l'instant où je réalisai que celle d'en face était un peu avancée, je me rappelai que ces banquettes étaient légèrement mobiles, aidant au repos nocturne du voyageur, quoique cela mît sa colonne vertébrale en porte-à-faux contre le dossier fixe. Je me rassis, et en la tirant à l'aide de mon postérieur, mis la mienne à l'identique afin d'élargir ma surface de couchage ; puis, content, me remis à l'aise.

« Et l' *aise*, en voyage, c'est tout » – sauf que Flaubert lui conditionnait le service d'une femme de chambre.

C'était quelqu'un qui ronflait sous cette banquette – puisque j'imaginais à présent l'espace qu'il pouvait occuper. Je voyageais en compagnie d'un individu qui avait certainement pour projet d'égorger les titulaires d'un titre de transport, et qui m'épargnerait non pas parce que c'était lui parce que c'était moi, mais parce qu'il était endormi.

En tout cas, j'étais heureux de ne pas avoir à l'incommoder avec mes effluves pédieux.

---

* Le Turc de Kempelen : Également connu comme le Joueur d'échecs de Maelzel (titre de la nouvelle qu'en tira Edgar Poe), cet automate cachait en réalité un joueur de petite taille.

Pousser du bois : dans le jargon des pousseurs de bois, jouer aux échecs.

Mein Sohn, was birgst du so bang dein Gesicht ? [5]

Essen, intermède urbain dans cet anti-paysage. Puis nous fûmes repris dans les fumées,

    Den Erlenkönig mit Kron' und Schweif ? [7]

Je changeais ce rêve post-romantique pour un voyage intérieur...

    Manch bunte Blumen sind an dem Strand [11]

Clac.
Quelqu'un se dresse devant moi. Et avant, il a parlé. Uh ?
Il a un outil dans la main, réclame des billets.
Je reconnus la casquette... ah oui, les billets.

Si cet homme a eu des soupçons, il n'a peut-être pas osé leur donner corps en se mettant à quatre pattes devant moi. Ou il m'aura cru suffisamment patibulaire pour faire tout ce vide autour de ma personne.
Quelle vision de l'humanité peut avoir un contrôleur de nuit sur les grandes lignes ? Des bestiaux hagards pataugeant à la recherche d'un rectangle cartonné qu'enfin ils vous tendent, comme à un... comme à un... qui es-tu, contrôleur ?

  5. Mon fils, pourquoi caches-tu ton visage avec tant d'effroi ?
  7. Le roi des Aulnes avec sa couronne et sa traîne ?
  11. Tant de fleurs, de toutes leurs couleurs couvrent le rivage

quelle vision de toi-même te renvoie donc le regard des dérangés ?

Là où tu dors, le monde diurne ne t'atteint peut-être pas, mais arrives-tu à te défaire de ce clac que ton employeur a sélectionné entre mille à notre intention ? Car le plafonnier qui jamais ne t'éblouit nous est plus doux que le clac de l'interrupteur par lequel tu l'actionnes. Et ce clac qui, unique, nous fend l'hypnogramme, a retenti des centaines de fois chaque nuit à un avant-bras de distance de ton oreille, si bien que tu ne saurais en être indemne.

Le tympan au repos, la sensation persiste par hystérésis neurologique de la cochlée, et l'onde transitoire hante ton ouïe comme un sparadrap en souvenir de ta triste besogne. Parfois tu rêves d'un sparadrap, et c'est un titre de transport qui te fait : clac !

Ton sommeil même est un sparadrap qui se colle à la veille.

Und bist du nicht willig, so brauch'ich Gewalt. [26]

« Danke schön ».

Ces dernières considérations étaient bien hors de circonstance. Car à ma place, Montaigne n'aurait sans doute pas dérogé à son habitude de se faire réveiller pour savourer un second endormissement.

Und wiegen und tanzen und singen dich ein. [20]

26. Et si tu résistes, j'utiliserai la force.
20. Elles te berceront, et danseront et chanteront pour toi.

Ainsi se poursuivit notre chemin de fer ; et même s'acheva.

Ouvrant les yeux aux portes de Paname, je me tâtai : personne n'était entré dans le compartiment pour me détrousser. Mon compagnon semblait réveillé, j'étais peut-être même seul.

Tout le monde descend.

Arrivé au bout du quai, je m'aperçus de l'oubli d'un magazine dans le wagon. Assez conservateur en matière de revues (c'est par crainte de l'encombrement que j'en achète peu), je fis demi-tour, croisant les derniers voyageurs et les bagagistes.

Je dus stopper au bas du marchepied. Un homme s'étirait en bâillant au-dessus de moi, avec une décontraction qu'on ne peut pas imaginer chez quelqu'un qui a payé pour se faire transporter.

C'était donc toi. Sans bagage, à peine plus couvert que moi, tu finis par daigner descendre, sans me prêter attention. Je ne ferai pas ta description, qui te reconnaîtrait ?

Je me contenterai de qualifier ton allure de *laid-back*. Idiotisme qui renvoie à la position de quelqu'un se balançant en arrière sur sa chaise. Une personne normalement assise devrait se relâcher puisque la chaise prend en charge la stabilité ; pourtant les assis ont l'air raide. La chaise est une prothèse de fesse.

De même, le binaire bien carré assied sa raison sur des certitudes qu'il ne met pas à l'épreuve. Tenir la vérité donne des varices à l'esprit.

Aux yeux du variqueux, la personne qui se balance dénote une insouciance coupable (elle s'en balance), et on blâme son absence de stress alors qu'elle est justement en position de stress.

Tandis que la troupe, comme au fort Bastiani *, est en état d'alerte sans que jamais la sentinelle n'ait donné le signal. Fuir ou combattre ? Non, rester assis, à sa place, et prêt à répondre quand on vous appelle.

Maintenant que tu es visible, tu permettras que je profite un peu de ta lumière.

Je cours, attrape la gazette et me presse, pour rejoindre le sillage de mon homme.

Erreicht den Hof mit Mühe und Not 31

Après la traversée du hall, il s'engage dans le métro direction Place d'Italie.

Rien n'était plus prévisible que ce qu'il fit alors. Et pourtant, je suis pris au dépourvu – sans doute parce que je réalise qu'il disparaît à jamais – en le voyant passer le tourniquet. Lors de sa victoire olympique à Munich, Kip Keino n'avait pas cette aisance dans le franchissement de barrière.

Dans la gare du Nord, deux vieilles couraient en tous sens.

Es scheinen die alten *Weiber* so grau. 24

* cf. *Le Désert des Tartares*, de Dino Buzzati.

31. Atteint la cour à grand-peine
24. Les vieilles femmes ont l'air si gris. Le vers de Goethe est en réalité : *Es scheinen die alten Weiden so grau* (Les vieux saules ont l'air si gris).

Et son *Roi des Aulnes* se termine par ces mots : « l'enfant était mort ».

NdA :
• La numérotation des notes reprend celle des vers dans le poème cité.
• On peut aussi rappeler qu'un autre resquilleur de la gare du Nord fit la une des journaux au printemps 2007.

ÉPIPHANIE

Olympe et Placide élevaient dix-sept enfants. Mariés depuis trois ans, ils avaient donné vie à Rachel, à Côme, et à la petite Zénobie, âgée de quelques mois. La famille comptait aussi cinq enfants du premier lit de Placide : Suzanne et Maria, jumelles de 8 ans, Pélagie, 6 ans, Calixte, 5 ans, et Rose, 4 ans, qui avaient peu connu leur mère Sarah. Elle-même ayant engendré au cours d'une première union, Placide avait naturellement recueilli Euphrosyne, 15 ans, et Arthur, 11 ans, et Olympe les appelait désormais ses enfants.

Placide avait les mêmes attentions pour les enfants d'Olympe, qui avait eu deux maris avant lui. Odette, 16 ans, l'aînée, était le seul souvenir qui lui restait de Thérence. Au décès de celui-ci, elle avait convolé avec feu André, veuf d'Esther, dont les fils Ulrich, 14 ans, et Gervais, 13 ans, étaient donc demi-frères des cadets qu'André avait encore donnés à Olympe : William, 10 ans, Véra, 6 ans, et les jumeaux de 3 ans, Bruno et Roger.

C'était une famille recomposée comme il y en a tant, et issue de familles déjà recomposées. Le hameau comptait une douzaine de feux. Olympe tisonnait le sien avec Placide, chacun l'alimentant de ses premiers brandons de concorde. Au-delà des filiations susmentionnées, frères et sœurs y étaient unis sans distinctions par un même lien d'amour.

Toujours présents dans les cœurs, il aurait fallu citer aussi celles et ceux qui étaient partis initier d'autres lignées.

Oh ! Olympe n'oubliait jamais personne ! une mère tient un compte permanent de ses jeunes pousses, étendant sa sensibilité proprioceptive au corps familial. Mais ce corps avait des membres qui s'en allaient, et qu'on sentait toujours près de soi, comme un amputé pour son membre fantôme.

Cet état fusionnel s'étendait peu ou prou à la parentèle, cimentant la fratrie. Et à l'aune de cette harmonie familiale on pouvait mesurer la vigueur de la civilisation.

La naissance d'un enfant est un émerveillement chaque fois – et si souvent ! – renouvelé, et allant toujours croissant. La béatitude de l'enfantement s'élève par degrés dans une progression que les Écritures nomment épectase. Tendant à fondre le désir et la joie en un sentiment unique soustrait à la détumescence.

L'avènement du nouveau-né donne lieu à une célébration fervente de la Nativité ; suffisamment intense, elle n'est pas redoublée par Noël. Mais trois autres fêtes rythment la vie du pays.

Semailles, qui a lieu au printemps lorsqu'on a fini d'emblaver, est en quelque sorte une communion de la Foi, où l'on affermit sa croyance que la magie agricole va à nouveau opérer.

Entre Semailles et Abondance, c'est la Nature qui organise le rituel de la vie. Le peuple donne à la terre, et la terre rend. Comme chaque geste du quotidien est une oblation, il n'y a pas lieu d'y joindre aucun rite symbolique.

Abondance a lieu lorsque les céréales sont engrangées, le foin sous les combles, la paille liée, et que le reste peut attendre. Ces jours-là on ripaille par devoir et on s'offre des cadeaux. Vêtements brodés, jouets et jeux, œuvres d'artisanat ou de pur esprit, parures en or travaillé serties de minéraux, d'un luxe d'autant plus éclatant que nul esprit de convoitise ne le suscite. Ici le don est moment de culture, où l'homme sublime sa sécurité alimentaire.

La quatrième et dernière fête est l'Épiphanie, jour de la manifestation du Divin, et c'était aujourd'hui.

Mais avant de poursuivre, puisque nous venons de décrire à grands traits le progrès du monde, il convient de préciser que peu de péripéties historiques le perturbent. Aussi bien, l'essentiel est exogène. Relatons très succinctement l'unique période troublée des derniers siècles, épisode au demeurant presque contemporain, dont quelques témoins survivent.

L'expansionnisme d'un empire voisin avait conduit son élite martiale à désirer la réduction des royaumes et républiques de l'univers. Des marches du monde libre, notre pays de cocagne était en tête sur la liste du pacificateur ; l'annexion planifiée fut déclenchée.

Mais cela, le Créateur ne l'avait pas permis. Une mitraille d'or pur repoussa l'armée ennemie. L'arrière rapatria les tués et pilla leurs plaies. Une nouvelle mobilisation élargit la conscription à plus de classes d'âge et la réduisit à moins de classes sociales. Avant que nous eussions truffé tous ces pigeons, leur masse monétaire avait quadruplé et le fier empire se replia en sombrant dans une récession asthénique. L'oligarchie ordonna vainement la thésaurisation, puis fut renversée en voulant décréter une désindexation.

La dépression économique eut son acmé quand l'opulence spécieuse se changea en une famine certaine, et tel qui la veille recherchait encore le lucre se vit tout soudain en train de chercher pitance. On vécut bientôt sous le régime des pulsions. Au comble de l'anarchie, la barbarie se proclama philosophe en découvrant que l'or ne se mange pas.

Un désert est-il le prix de la sagesse ?

Qui regrette l'excès de la concision se reportera avec profit aux chroniques de l'époque. Notre patrie cependant était sauve. Mais sa plus grande sagesse demeure encore dans cette conscience que l'ennemi le plus dangereux est celui à qui l'on donne le sein. Aussi l'éducation est-elle chez nous au principe de toute vertu. De l'existence naît la conception et la conception engendre le vocable. S'il y a un ordre des choses, c'est celui-là, et toute hiérarchie sociale qui va contre est révoquée.

Venu d'une sphère lointaine, certain voyageur, arrêté un jour par l'hospitalité d'Olympe, loua son esprit de sacrifice, nota l'abnégation de ses actes, et admira tant de renoncement. « Renoncement ?

mais à quoi ? répondit-elle. Et les sacrifices, si vous me permettez, sont bons pour les sauvages. Vouée, voilà ce que je suis... et que nous sommes tous en ce bas monde. »

L'étranger, subjugué, s'en retourna dans son haut monde, où il témoigna qu'il avait rencontré une race d'hommes où espèce et individu fondaient un même destin.

Coupons court à l'anamnèse ; voici que le jour attendu était là. La matinée se passa aux tâches habituelles, mais les esprits n'y étaient qu'à moitié.

Après le souper de midi, chacun revêtit ses plus beaux habits.

Placide s'occupa de la fève, Olympe cuisina la galette. Aidée du petit Roger, Odette confectionna la couronne.

Euphrosyne et Ulrich entretinrent les feux et cuisirent le pain.

Suzanne et Véra décorèrent la maisonnée ; Rachel leur prêta sa petite main.

William et Maria aillèrent les gigots et ouvrirent des conserves.

Arthur et Gervais emportèrent deux boisseaux de grain et revinrent avec le lait.

Pélagie, Calixte et Bruno mirent le couvert sur la nappe d'apparat, l'ornant de bougies, de baies de saison et d'écorces parfumées.

Rose fut chargée de crosser (*) le berceau de Zénobie dans le lit alcôve des parents ; ce qu'elle

(*) Action de faire se balancer un berceau suspendu, à l'aide d'une crosse.

fit tout en jouant avec des osselets en or (un alliage plus rouge distinguait le père). Côme s'endormit près d'elle en l'observant, fatigué qu'il était de l'effervescence domestique.

Lorsque le crépuscule fut réduit en cendres, on passa à table. On fit un sort aux gigots, puis Papa sortit la galette du four ; elle tiédirait pendant le cérémonial de la distribution.

La tradition voulait que celui qui avait eu la fève l'année précédente soit sous la table pour désigner les attributaires des parts faites par Maman. Pour simplifier le protocole et le rendre en même temps plus distrayant, on n'annonçait pas les noms des commensaux, mais on cognait dessous le plateau un certain nombre de fois, désignant de façon ordinale l'assiette à servir, à compter de la dernière servie. On commençait depuis le plat que Maman avait devant elle, la pelle en or placée sous la première part.

La distribution prit fin sans qu'on écartât la part du pauvre, car on n'avait pas de pauvres. Mais dans sa chaise haute, la petite Rachel, bien que rassasiée, réclamait la sienne. Olympe lui fit un petit aparté : « Non, mon cœur, tu es encore trop jeune pour manger de la crème d'amandes, et avec la pâte feuilletée tu risques d'avaler de travers. »

Chacun savoura son morceau de galette, l'œil pétillant, la jubilation muette. Au terme du repas, la tablée se dispersa puis se réunit derechef autour de l'âtre, attendant l'Épiphanie en silence.

Au mur étaient accrochés les portraits des anciens. On atteignait la communion des cœurs.

Calixte s'était calé entre le bras du fauteuil et le giron de sa mère.

« Maman, si c'est toi qui as eu la fève, qui confectionnera la galette l'an prochain ? »

Olympe contemplait la couronne posée sur le vaisselier en bois peint. Un sourire, en contrebas de ses pommettes, creusa une fossette. Une simple larme l'engloutit.

Serrant bien fort le bout de chou sous son aile, elle pencha la tête et lui répondit d'une voix très douce : « Tu n'as pas à t'en faire, mon chéri, nulle part il n'y a de famille sans maman. La tradition de l'Épiphanie se perpétuera. La tradition, c'est ce qu'il y a de plus important. C'est ce qui nous permet de transmettre des valeurs de génération en génération. »

Et la tradition continuera tant que les filles nubiles apprendront à cuisiner la galette. Sur la première abaisse de pâte, on étale une épaisse couche de frangipane, dont le goût masque idéalement l'amertume de la fève de Saint-Ignace (*). Celle-ci, soigneusement râpée, est ajoutée à la crème dans une seule portion (il est important de rainurer les portions sur l'abaisse supérieure à l'aide

---

(*) La fève de Saint-Ignace est la graine du *strychnos ignatii.* À Rome, les Ignaciens vécurent de 1538 à 1541 dans la maison d'Antonio Frangipani, qu'ils appelèrent la « maison hantée » après qu'ils aient entendu nuitamment un esprit frappeur, qui brisait également des assiettes et de la faïence.

d'un couteau d'office). Ainsi, celui à qui est destinée la couronne ne craint pas de se casser une dent, et le sort est maintenu en suspens jusqu'à l'apparition des premières douleurs.

Alors, « pour nous offrir en holocauste à notre Dieu, en sorte que tout ce qui était nôtre s'effaçât devant sa louange, son honneur et sa gloire », (*) la prescription de saint Ignace s'accomplit.

Perinde ac cadaver.

« Cette nuit, passera une comète venant de l'Orient, et un être cher. »
Et elle posa ses lèvres sur la tête du petit chérubin.

* * * * * *

Tout est consommé.

Par rues et chemins, de hameau en village, un trio richement vêtu conduisait à travers le pays un tombereau auquel étaient attelés des bœufs.

Celui qui ouvrait la marche avait la face blafarde. Sous sa pelisse d'un bistre vert, il était dans la force de l'âge, et y paraissait depuis si longtemps que celui-ci ne semblait pas devoir avoir raison de celle-là. Force et tremblements ainsi de sa voix faisaient le tonnerre. Signant l'espace de son encensoir il criait : « Sortez vos morts ! »

(*) Extrait de la Délibération des premiers Pères, Rome, 1539

Un vieillard, le regard métallique, accompagnait. Les mèches de sa barbe figuraient les étincelles bleutées annonciatrices de la foudre. Le sol qui collait à ses brodequins donnait une solennité fatale à son pas esquinté, qu'il aidait par moments en se tenant à la ridelle. Pour chaque linceul déposé sur la charge, il s'allégeait d'un sac d'or qu'il tirait d'un ample macfarlane comme d'une nuit d'orage.

Un jeune et grand nègre, drapé dans une étoffe à larges côtes rouge vif, fermait la marche. Le noir de sa peau si profond et si mat, les traits de surcroît si fins ; le soleil pâle avait les rayons trop gourds pour les souligner. Il y avait juste un regard. Des yeux qui mangeaient la lumière – c'était là toute sa physionomie, qui indiquait un être bon et gai. D'un vase ses longs doigts puisaient la myrrhe ; il mettait la première main à l'onction des dépouilles.

Les essieux de bronze grinçaient dans les paliers ; les cercles des roues incorporaient lentement la neige dans la terre noire des ornières. La fumée de l'encens et le souffle des bœufs nimbaient les âmes mortes.

SQUEEZE BOX *

L'Œdipe - L'homme uni vers Cythère

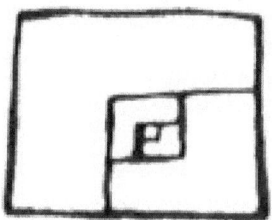

* de squeeze : serrer, étreindre ; et box : boîte.

a) Appareil de contention pour autistes, appelé aussi *machine à câlins*, inventé par Temple Grandin (l'épisode du rodéo est inspiré de sa vie).
b) Ustensile à usage sexuel pour homme seul.
c) Argot générique pour les instruments de la famille de l'accordéon.

Les vers en italique sont de Charles Baudelaire, in *Les Fleurs du Mal* (LXXVIII - Spleen et CXVI - Un Voyage à Cythère).

· 1 ·

Norm prit un jour de congé, auquel elle avait droit.

Elle prit la direction habituelle. Passées les murailles de l'Ucité, il n'y avait plus de guidage au sol, il fallait conduire à vue. Moins de deux heures plus tard, elle se garait sur une aire à touristes déserte, à proximité de l'endroit où elle savait le trouver.

Avant qu'elle ne fasse la connaissance de Jedediah, elle venait ici en chandail, cardigan, et braies, pour faire comme tous les citadins qui veulent se mettre à la hauteur des autochtones.

Dès qu'elle eut sympathisé avec lui, elle trouva cette tenue ridicule ; elle avait l'impression de se ravaler, de descendre parmi les hommes comme Zarathoustra de la montagne. Maintenant elle venait toujours en vêtements de ville. Cela lui valait les regards réprobateurs des membres des tribus urbaines quand elle en croisait. Mais entre eux deux, cela remettait les apparences à leur place. Elle était ce qu'elle était, lui aussi ; chacun avait ses habits, qu'ils fissent le moine ou non.

Maintenant ils se connaissaient mieux. Sa coquetterie s'était débridée ; aujourd'hui elle avait choisi une combinaison en polychloroprène vert amande, fermée sur tout le devant par une large glissière mandarine. La tirette, un large anneau, faisait pendant au croissant d'une lune, dont la ligne des clavicules nues de Norm suivait le diamètre. Un accroche-cœur ornait la composition, le reste de ses cheveux châtain foncé descendant en queue de cheval caresser un promontoire fessu.

En réalité, son ami Jedediah n'avait pas de nom – seuls les chefs des tribus rustiques en obtiennent un – et elle ne l'appelait ainsi qu'en pensée, quand elle n'était pas avec lui.

Les contrées rustiques constituaient la partie périphérique du monde créé, dont les limites ultimes étaient les Éléments, appelés aussi la Grande Boîte, aux parois absolument infranchissables : vertiges montagneux, brûlures désertiques, brumes méphitiques, et près d'ici l'océan bigarré, dressé au bout de l'estran et envoyant ses rouleaux s'y briser comme un tigre lançant de féroces coups de pattes. Norm aimait lui prendre des coquillages, les seules boîtes qu'elle aimait.

La nuit, la terre grondait parfois sous eux, c'était bien différent des flux logistiques suburbains qu'elle connaissait.

« Les périphériques ne vivent pas dans des boîtes, ce sont des sauvages », ... « ils n'ont pas le sens de la distance », avait-elle pu entendre. Mais nous, on se distanciait de quoi ? de ce que nos instances nous enseignaient de tenir en odeur de saleté : la matière organique, la mode de l'année dernière, ou pire, la vie sans boîtes.

On les disait terre-à-terre... mais ceux qui le disaient vivaient dans les lieux d'où on ne voyait même pas les étoiles... c'est ce que Norm avait pensé après le premier soir, quand elle était rentrée à l'aurore du jour suivant, tout exténuée.

Car ici la réverbération de l'éclairage urbain ne faisait pas cette chape lumineuse qui empêchait l'agoraphobie d'entrer en phase de crise. Au spectacle du firmament, on avait l'impression d'être dans une boîte sans couvercle, c'est pour cela que les ucitadins ne venaient ici que de jour, en promenade dominicale pour les enfants. Or Jedediah non seulement regardait les étoiles, mais il les comptait.

Le premier talent qu'elle avait trouvé chez lui était sa prosodie. Puis elle avait été frappée par sa mémoire, et enfin par cette étrange faculté mentale (la dernière épithète restait incertaine) dont il va être question. Cet aède avait épousé la musique et l'arithmétique, les deux filles chéries de l'harmonie.

Pour le reste, il était fruste et illettré. Et s'intéressait à des choses tout à fait contingentes ; mais, selon l'acception du mot, ces choses qui semblaient à Norm totalement futiles pouvaient aussi bien relever d'un ordre caché sous un désordre de conjectures. Il lui avait par exemple demandé de se documenter sur le volume d'air déplacé par les ailes des papillons. Elle avait supposé qu'il s'attaquait à la théorie du chaos... En revanche, face à sa curiosité de tout ce qui touchait aux divertissements de la famille régnante, elle n'osa pas lui répondre que celle-ci était éteinte.

« Je n'ai rien appris, je ne sais pas faire grand chose », lui avait-il dit. L'euphémisme était flagrant quand on connaissait la puissance de son intellect, mais littéralement, c'était exact. Cette modestie n'aidait pas à la réputation d'inintelligence de sa caste.

Quand le ciel bas et lourd pèse comme un couvercle (...)
D'où connaissait-il ce chant ? Nous, qu'il concernait, y étions sourds – Norm avait vu l'état du seul livre où il figurait –, mais lui... La tâche de l'homme libre est-elle de pleurer à la place des damnés ?

Il donnait à ses chants le nom de stances... Mais les stances de l'Ucité n'étaient pas du tout les mêmes, c'étaient des boîtes pour ranger les gens : Au fond se trouvait la substance, constitutive de l'individu ; celui-ci n'était rien de plus qu'une circonstance ; régie par une instance ; la constance était une manière de code civil ; et la loi générale était l'Ustance.

L'intuition de Norm lui avait soufflé qu'au-delà de la barrière des Éléments devait se trouver autre chose, qu'elle appelait *existance*. C'était resté à l'état de songe, jusqu'à ce jour où, avec Jedediah, elle s'était trouvée au milieu du songe, et les yeux ouverts !

Elle s'en était sentie passablement ahurie...
Avant d'avoir son permis de conduire, elle avait passé tout son temps libre – à part les moments où elle avait du sexe – dans les silos où étaient entreposés – oubliés – les livres anciens. Elle leur devait tout ; mais de tout ça ! elle ne faisait jamais état. Dans le quotidien, c'était d'une utilité zéro.

Aux yeux des autres, elle serait passée pour la poule qui a trouvé un couteau.

Il y avait aussi des livres dont elle n'était pas sûre d'apprendre beaucoup mais qui la faisaient rêver ; et ce n'étaient pas que les recueils de poésie. Certains textes étaient comme des écheveaux de conceptions inextricables dont les extrémités sortaient de la pelote. Sa pensée attrapait ces bouts et remuait la pelote ; elle sentait comme une sixième science qui passait en elle par ces extrémités, mais qui n'était pas un savoir positif.

Or, un jour, au hasard de ses lectures, elle tomba sur l'histoire d'un paysan ayant vécu il y a plus de trois siècles sur un continent oublié. Il s'appelait Jedediah Buxton (*). Humble et illettré, il était passé à la postérité comme prodige de calcul mental ; une postérité dont Norm craignait, au vu de ce qu'était la mémoire collective, qu'elle finisse avec elle. Ce Buxton avait la faculté de dénombrer en quelques instants ce qui paraissait incommensurable aux autres. Cette prouesse, quoiqu'admirable, était encore concevable pour Norm. Mais voici le prodigieux : il était capable d'effectuer des mesures de distances, de surfaces et de volumes sans chaîne d'arpenteur. L'étalon de mesure qu'il avait choisi pour ses calculs était le cheveu – un cheveu mental – dont il avait fixé arbitrairement l'épaisseur. Astronomes, géographes et géomètres se bousculaient pour le solliciter.

(*) Jedediah Buxton (~1704 - ~1774), né à Elmeton près de Chesterfield dans le Derbyshire.

Incrédule (par incapacité et non par manque de foi), Norm avait trouvé des délices intellectuelles dans des phrases qu'elle ne comprenait jamais complètement : « Partant d'une unité infinitésimale sans autre matérialité que l'idée, notre concitoyen a la faculté d'embrasser la voûte céleste par itérations successives ».

Cela paraissait bien différent de la façon commune de procéder, prenant toujours comme unité de mesure quelque chose du même ordre. Jaugeant un volume à la plus petite boîte qui pouvait le contenir ou à la plus grande qu'il pouvait contenir. Se comparant soi-même avec son voisin, voilà comme on prenait la mesure de toutes choses...

Ne pouvant rien résoudre de la question, même quant à la véracité des faits, elle l'avait laissée en suspens... Et voilà qu'elle rencontrait la réincarnation de ce mythe livresque, qui maniait l'itération aussi bien que l'allitération, calculant le cadastre de son champ de vision au cheveu près, et modulant d'une singulière couleur tonale des dizaines de milliers de vers venus jusqu'à lui par tradition orale. Quant à seulement griffonner son nom... mais il n'en avait pas.

Norm tira cette première conclusion : « Nous autres, civilisation chevelue, nous sommes dévoyés dans le cosmétique, alors que le cheveu nous donne un savoir cosmique. »

Quand il fut l'heure pour elle de rentrer dans les boîtes, elle se glissa dans l'habitacle de son volvodyne, mit dans la boîte à gants les menus trésors glanés dans la nature, et régla son cap sur la muraille intérieure.

Lorsque sa masse noire se distingua à l'horizon en assombrissant la nuit, elle s'en représenta la compartimentation fractale, et la kyrielle de parois intérieures dressées par le peuple des boîtes.

Les cloisons, aussi fortifiées fussent-elles, ne tenaient aucun rôle de protection ni de contention, elles ne faisaient que réifier les structures mentales. On évitait la construction de couloirs, qui induisaient les idées de transition et de communication. On leur préférait les sas, qu'on faisait aussi mobiles, en appliquant le concept de l'ascenseur au plan horizontal. Tout s'emboîtait autant que possible, et la mise en boîte était chose très sérieuse. Il fallait toujours un dedans et un dehors. D'ailleurs le dehors n'existait qu'imaginé du dedans, car quand on sortait d'une boîte on était forcément encore dans une autre. La claustrophobie était inconnue. Plutôt : aucun claustrophobe ne pouvait survivre dans ce monde riant.

Comme des étiquettes, les slogans de l'Ucité étaient inscrits aux entrées et sorties des boîtes. Au-dessus du portail occidental, elle relut en entrant l'auguste maxime : « Tous nos cheveux sont comptés ». L'inscription lui était familière mais l'avait-elle seulement jamais lue ? Fallait-il que les mots prennent un sens pour soi pour que les yeux s'arrêtent à les parcourir ? Et pourtant ces slogans n'étaient pas là pour rien, ils devaient pénétrer les

esprits hors de la conscience... Et ce n'était que parce que la sienne s'était éveillée que Norm s'était surprise à les lire.
– La Chevelure de Bérénice, combien de brins ? pensa-t-elle.

Elle passa par le rond-point du Temple du Grand Un. C'était une boîte monumentale, *carapaçonnée* et cloutée, dont un côté était en verre pour permettre de voir l'intérieur, capitonné exagérément sur toutes les autres faces. La statue d'une madone extatique s'y trouvait, engloutie par l'étreinte isobare de tous les gros capitons, mamelles roses d'une hydre de maternité possessive. À la nuit tombée, les petits bulbes à incandescence du reliquaire et les halos fluorescents du parvis contrastaient encore le symbolisme de l'édifice.

La première fois qu'elle était allée chez les rustiques, c'était pour assister à un rodéo. Elle avait été fascinée par la sauvagerie des bêtes, mais autre chose l'avait frappée. Confiné à l'étroit dans le box de départ, l'animal restait immobile, se contentant d'éprouver la contention. Aussitôt lâché, c'était un accès de fureur écumante. Et dès que le chanvre s'était resserré autour de ses canons, l'aurochs le plus impétueux n'était plus que paix résignée, un poids mort semblant ne plus rien receler en puissance.
Il aurait pu réduire son box en allumettes, tempêter pour essayer de rompre les liens, mais

non... comme si le contact ferme de l'entrave suffisait à procurer un effet calmant.

Norm, sentant déjà des possibilités pour elle-même, avait envié les débordements tumultueux de ses cousins mammifères. Mais ses frères, eux, en restaient à la fascination, et ne s'identifiaient qu'à l'abandon.

Sa machine s'engouffra dans le quartier du Tau, où elle reviendrait travailler le lendemain matin. La lettre barrée y était écrite partout et en toutes dimensions, compulsivement. Elle prit ensuite la pénétrante sud de la zone compartimentée où était son quartier. Une fois dedans, elle passa l'enclos de son bloc, et enfin la porte du garage, qui se referma sur son véhicule. Elle entra dans le chez-soi attenant, et gagna sa cellule individuelle. Elle referma doucement sa porte pour ne pas réveiller Tina. Elle avait choisi elle-même la formule du panonceau intérieur : « La caque sent toujours le hareng ».

• 2 •

Tina était sa génitrice. Ès qualité, elle lui avait préparé son petit déjeuner en se levant, puis s'était recluse sans l'attendre dans son cagibi avec sa boîte à ouvrage. La jeune femme but une brique de jus d'agrume, consomma une des tranches de pain séchées beurrée et trempée dans son café. Puis vida son bol, prit sa mallette et s'en alla.

Comme toute la population active un jour ouvré, Norm se rendit à sa boîte, qui était un compartiment parmi d'autres du Tau. Le tau était un signe fort. Il représentait le travail, le temps donné ; c'était le symbole de la désappropriation de soi. Et c'était aussi l'initiale du prophète Taylor.

La boîte de Norm fabriquait des caisses en plastique pour tous les usages. Elle y avait été incorporée en raison d'une aptitude hors du commun à communiquer. Chargée des ressources humaines, elle s'attachait en particulier à favoriser l'intégration des jeunes recrues.

Quand on avait de l'ancienneté dans la boîte, la pression sociale qui s'exerçait sur soi procurait le genre de plaisir ressenti par la madone du temple dans sa châsse de capitons. Une pression trop forte sur un objet le déprime, une pression insuffisante laisse une lacune. Pour que les employés s'épanouissent dans leur travail, Norm les aidait à trouver le point de réconfort ; entre la suffocation du harcèlement moral et le sentiment de manque dû à un cadrage trop lâche.

Arrivée à son bureau, elle sortit de son attaché-case le dossier d'une apprentie arrivée une semaine auparavant, et la fit entrer pour un premier débriefing. La jeune femme avait encore les traits crispés ; elle s'était livrée à de nombreuses contorsions pour entrer dans la boîte. Norm la fit asseoir.

– Bonjour Pilar_Sn41, j'ai lu tes états de service ; tu es très efficace... mais on t'a vu essuyer des larmes à plusieurs reprises. Qu'ont tes nerfs ?

– Oh rien ! tout va bien, c'est parce que je suis tellement heureuse de cette affectation ; la crainte de décevoir m'affecte.

– Tu te plais dans la boîte ?

– J'y suis très bien encadrée ; j'espère y rester le plus longtemps possible parce que je veux vraiment m'en sortir !

– Il t'arrivera quelquefois de trouver l'ambiance très lourde ; ne te laisse pas trop marcher dessus, mais fais attention à ne pas surréagir... certains craquent sous la pression, d'autres se rebiffent et se font placardiser dans un service où ils sont laissés dans un état de vacance. Si tu sens que quelque chose ne va pas, il faut venir me parler. Je ne peux pas décloisonner mais je puis être de bon conseil.

– J'essaierai de remplir mon rôle sans sortir de mes attributions.

– Je ne veux pas t'effrayer, tout se passe généralement de façon assez décontractée. Il faut simplement accepter les tensions inhérentes à l'organisation. Le travail n'est vraiment pas difficile, il faut juste s'habituer à respecter les cadences.

Bien que servant aussi à résoudre des dissonances, les cadences de travail étaient aux cadences parfaites des mélopées de Jedediah ce que le bruit est à l'harmonie. La cadence de travail était la seule musique qui se pût entendre dans les boîtes, avec le tempo pour mélodie. On avait instauré la résolution permanente.

Norm passait ses journées à essayer d'arrondir les angles dans la boîte. Mais elle perdait une à une ses illusions. Elle se demandait même si le travail avait un autre but que de fabriquer de l'utilité, car si tout le monde était resté chez soi – ne parlons même pas de trouver quelque chose d'intéressant à faire –, le système de satisfaction des besoins n'aurait pas été affecté dans son fonctionnement. Ce que produisait la boîte était rapidement entièrement consommé, pour justifier le fait de devoir y retourner. On faisait exactement comme Pénélope attendant Ulysse – qui tissait le linceul d'un vivant pour éconduire le possible. Sauf qu'on attendait Godot.

Et ailleurs, le possible de Norm se précisait.

Après son travail, elle alla directement rejoindre le club exclusivement masculin où elle avait ses fréquentations. À l'état civil, Norm était en réalité Norma, mais la personnalité et la tignasse qu'elle déployait la rangeaient du côté viril. Si ç'avait été, en quelque manière, considéré comme une tare, on aurait pu la qualifier de garçon manqué : Il était presque accompli.

Un lecteur qui, du fait de spécificités culturelles, aurait trouvé Norm d'une grande féminité doit être mis au fait : La sexualité se distingue du sexe comme la culture de la nature (ou comme le genre d'un mot, du sexe de la chose signifiée).

Du point de vue des chromosomes, le sexe est bien différencié. En réalité, les choses ne marchent pas tout à fait comme ça, car même la nature nous montre que la reproduction sexuée s'épuise sans les artifices ambigus de la séduction.

La sexualisation, avec ses procédés fétichistes, s'opérait essentiellement autour du poil (et rappelons aux lecteurs dont la langue ne l'explicite pas, que le cheveu est un poil). Elle était artistement gradée depuis le caractère mâle poilu jusqu'à son opposé glabre, conventionnellement affecté à la femme. Sur un axe qui allait de l'hirsute au lisse, il était loisible de jouer de son corps et de la sophistication des arts de la toilette pour nuancer un habitus érotique. Maints signes redondants ou contradictoires pouvaient indiquer, comme un déshabillé suggère le nu, l'affiliation ou la sujétion à des goûts et comportements orientés suivant l'axe sexué, comme la limaille sur une ligne d'induction.

Norm, en plus de sa longue crinière, arborait des poils aux avant-bras, un duvet brun en guise de moustache et de rouflaquettes, et portait le sourcil fourni. Aux plus intimes, l'épilation soignée, en triangle, de la lisière de son mont de Vénus, montrait ostensiblement qu'elle s'octroyait et le velu, et le soyeux.

Mais le pelage ne préjugeait pas des pratiques sexuelles auxquelles on s'adonnait et qui pouvaient varier. Même si la majorité des copulations se faisait entre sexes opposés, on n'était pas quitte de la perversion, ce labyrinthe de miroirs où les objets fantasmés se fragmentent et se réassemblent kaléïdoscopiquement dans les boîtes crâniennes.

Ces mœurs polymorphes étaient bien peu parallélépipédiques mais présentaient l'avantage de fournir l'exutoire nécessaire aux pulsions. Le tabou sexuel n'existait pas. En la matière, le quatrième commandement s'appliquait dans tout son laxisme : Rien n'est interdit, pourvu que cela rentre dans une case.

Le masculin était le signe du dehors et le féminin celui du dedans, certes, mais la séquelle ombilicale s'appliquait autant à la fille qu'au garçon. La façon dont était vécue l'opposition paradoxale du désir dramatique de contact et de la nécessité de la séparation, relevait plus de l'idiosyncrasie que du sexe, et conditionnait tout autant la vie sentimentale. Comme la madone dans sa boîte à câlins, chacun cherchait à adapter, dans sa relation avec l'autre, son besoin d'être serré et sa répugnance au rapprochement charnel ; à trouver l'exact et délicieux moyen terme entre l'effleurement odieux et l'oppression atroce. La boîte était ce lieu magique qui totalisait l'union et la séparation.

L'activité favorite de la jeunesse était de sortir en boîte. Rigoureusement sic (on donnait vraiment libre cours à l'oxymore).
On sortait en boîte d'abord pour libérer de l'adrénaline par la double action de l'effort chorégraphique et de l'inhalation des phéromones sexuelles en forte concentration ; puis pour emballer, et éventuellement subséquemment gagner une alcôve.

Norm était donc sortie avec son clan masculin. Ce soir-là, il y eut du grabuge. Un individu sans relief, suite à un dysfonctionnement neurochimique, subit une rupture d'inhibition – ictus du rythme disco ? – qui le transforma en odieux criminel. Il perça les organes d'un de ses congénères, qui clamsa sans dignité en agonisant d'injures une clientèle pourtant sélecte, et en se répandant en invectives et force hémoglobine sur le personnel, sans compter le mobilier.

Dans la boîte de nuit, les jeunes restaient interdits devant l'acte de transgression. Plus que devant le sang, qu'ils ne comprenaient pas. Plus que devant le criminel, qui se trouvait d'ailleurs tout aussi désemparé de ce qu'il venait de perpétrer.

Quelqu'un dit « il faut l'enfermer ». Au signal donné, l'ordre dépêcha ses forces ; le phylarque (*), dont les hautes fonctions avaient rarement à s'exercer, se déplaça en personne. Il arriva sur les lieux, en casque et tunique de mailles, sa longue toison crépue, nattée et camphrée ; il était accompagné d'une escouade de yéyés en armes. Norm reconnut Tiffen_12, qui habitait son bloc ; question cheveux longs et idées courtes, c'est vrai qu'il avait ce qu'il fallait pour intégrer la milice.

Le phylarque recueillit la relation des faits la mine prognathe. Il se fit une conviction, et sa sentence fut de coffrer le failli :

– Le pire des crimes n'entre dans aucune case, mais tu as la tienne qui t'attend, entre quatre murs ; tu vois que tu n'es pas un si mauvais sujet.

(*) espèce de keuf.

À ces mots, le criminel se sentit extrêmement soulagé, et quand on lui passa les menottes, il versa de chaudes larmes en criant merci.

À l'entrée de son cachot, il pourrait lire : « The right man in the right place ».

Le sale quart d'heure fit place à un américain et une grande bringue invita Norm sur la piste. Étreintes éclaireuses, face à face, emprises arrogées, échappées belles, contacts fugitifs et abandons pâmés synchronisaient les corps aux tambours d'une musique industrielle. Elle s'appelait Dora. Épilée impeccablement, le cheveu court et décoloré où la tondeuse avait taillé des ornements abyssiniens, Dora employait à se rendre désirable un art qui ne sera pas rendu ici. Car c'est le regard qui fit immédiatement contacteur magnétique, entre un Nord et un Sud qui n'étaient pas les pôles de l'attirance animale. Les yeux cobalt de Dora parlaient aux noisette de Norm.

Ne disait-on pas jadis qu'un regard était plus parlant que des mots ? Les mots alors étaient taciturnes, car à sens unique. Mais dans la novlangue moderne, les plus dangereux avaient d'abord eu deux sens – contraires. Jusqu'à ce que les antonymes, rendus homonymes, soient finalement confondus. En était résulté un déphasage à somme nulle, un encéphalogramme plat.

Pour être en intelligence, il faut utiliser des signaux convenus, et les mots, enfermés dans les conventions, restaient inutilisables. Mais le langage des yeux et du corps a été convenu il y a un temps immémorial, et les nouvelles amies n'eurent qu'à se rafraîchir la mémoire pour remettre les sémaphores en service. Un message transmis au second degré avait passé la première cloison, être en intelligence parfaite les pulvérisait toutes. C'était le coup de foudre.

Dora attrapa son vanity-case et elles s'éclipsèrent derrière les tentures. Les préliminaires furent tacites et brûlants. Puis en apercevant ce qu'elle sortait de son étui, Norm découvrit le véritable sexe de sa partenaire, et ils décidèrent de permuter les rôles qu'ils s'étaient donnés. L'inversion était bouclée, l'erreur était juste, le coït eut lieu *selon la nature*. Ils s'offrirent l'un à l'autre, elle son drageoir à épices, lui un beau poivrier.

Sous l'étreinte, dans la contention des membres, les dehors serrés dans les dedans, l'amour.

Dedans dehors dedans dehors dedans dehors dedans dehors... Dedans. « Ho, Pandora ! Serre-moi, s'il te plaît. Encore plus fort. »

Un avenir avec Pandora n'était pas sans perspectives, mais il était trop tard, elle avait déjà scellé son destin.

Quand Norm rentra, Tina était couchée depuis longtemps. Il lui semblait qu'elles étaient étrangères depuis toujours. La matrice était une rivière sans retour. On ne se retournait pas non plus. Dès la naissance on était confié aux boîtes ; dès lors personne ne pensait plus à l'originelle. Le fruit et les entrailles vivaient dans deux pièces voisines.

· 3 ·

Levée d'excellente humeur, elle sortit, fit une courte station en traversant le living, n'osa pas dire plus qu'un mot de salut à sa mère, qui était tournée vers la boîte à images. Elle essaya bien une intonation sur « bonjour Tina », mais qui ne fut pas perçue.

Elle ne pensait plus pouvoir faire quoi que ce soit pour Tina. Elle attraperait la longue maladie, qu'on appelait ainsi soi-disant par pudeur. Quand on la nommait, c'était encore un mensonge camouflé, car la longue maladie avait rarement une origine organique, on peut d'ailleurs en décrire l'étiologie par un processus informationnel :

Enfant, on vous emmenait profiter des charmes des contrées périphériques. Plus tard, toute l'Ucité suffisait à vos plaisirs. Quand ses divertissements n'étaient plus de votre âge, la plus grande de vos boîtes était le Tau. Quand on avait fini de lui donner son temps, le Tau vous renvoyait à la tribu, laquelle vous trouvait des occupations jusqu'à ce qu'elle juge utile de vous évacuer dans la boîte plus petite. Alors on vous laissait encore les tâches ménagères, et quand vos petits avaient quitté le cocon, il ne restait plus de la cellule familiale que votre corps étranger.

La vie était un enkystement progressif à l'intérieur de stances emboîtées. Quand la paroi conjonctive arrivait à votre moi, alors vous attrapiez la longue maladie. Elle attaquait maintenant votre substance. Une cellule se disait « à quoi bon croître », une autre ordonnait « meurs » à sa voisine, la suivante passait la consigne, et la tumeur achevait de vous déboîter. Vers l'ultime et plus intime boîte de sapin.

Tina essayait de conjurer le fait d'être usagée en s'investissant de toutes ses fibres dans les soucis existentiels des personnages de sitcoms. Elle dupait encore son corps. Mais elle mourrait, de façon peu stochastique, sous quelque délai.

Quand quelqu'un défunctait, on pensait « le con il est mort » mais on ne lui en voulait de rien, la mort n'était que le dernier moment de l'oubli. Quatre planches faisaient une sincère gratification à ceux qui avaient passé leur vie à se donner une contenance.

Les jours impairs, un convoi funéraire allait déposer son chargement sur une plage des confins, dans une sorte de crique cernée par les rochers, évasée vers la mer. Une vague venait chercher les caisses et ne les rendait plus.

On n'a que des souvenirs de jeunesse. Se souvenir était donc l'article de la mort ; un article de fin de saison pris de nostalgie. Ainsi, pour tous les gens, les souvenirs puaient la mort. Si on ajoute que planning était le mot pour dire avenir, on obtient l'idée unanimement partagée de ce qu'était le sens de la vie.

Passant de l'appartement à la partie commune du bloc, Norm lut le cartouche au-dessus du chambranle : « Mets à profit le jour présent sans te soucier du passé ».

Elle prit congé, un jour auquel elle n'avait pas droit.

Elle commença à retraverser toutes les parois, courtines, escarpes et remparts qui la séparaient de Jedediah.

En plus des étiquettes, les boîtes présentaient souvent des icones de ce qu'il y avait de l'autre côté, dénis opposés aux cloisons. Mais la plus petite boîte et la plus grande étaient encore plus intimement liées : Voulait-on parler de soi, il était répondu qu'une hirondelle ne faisait pas le printemps. Énonçait-on une loi générale ? on avait droit à l'énumération de tous les cas, comme autant d'exceptions méritant spécialement la compassion. On n'en sortait pas.

La plus petite boîte portait la mention « un pour tous », la plus grande « tous pour un » ; ou l'inverse... Car un signifiait l'Un et tous signifiait chacun. Norm avait appris le mot tautologie dans les silos à livres, mais depuis que Jedediah l'avait enhardie, elle se libérait de ses doutes. Elle était sûre que tous et un étaient la même chose, et d'une autre manière que ce qu'on se tuait à lui répéter.

Elle débraya à un feu rouge. Un feu a un état rouge et un état vert. Un signal à un état n'a pas de pertinence. Norm redémarra au vert. Elle avait passé le test très tôt. On l'avait laissée devant un feu qui restait rouge et on avait mesuré le temps qu'il lui avait fallu pour le griller. Elle avait donc évalué le temps qu'il valait mieux mettre pour réagir, de manière à être rangée dans la moitié indolente plutôt qu'avec les indociles. Elle en connaissait qui étaient rentrés chez eux. C'est elle qui pensait que c'était un test ; si elle avait tort, elle était paranoïaque, si c'était vrai ça ne changeait rien puisqu'elle ne pouvait pas le savoir.

C'était anecdotique, mais même sur des sujets aussi aigus que la forme de l'univers, tout le monde – tant mieux pour eux – était content de l'indécidable ; Norm estimait qu'au moins sur l'indécidable l'indécision était de rigueur. Malheureusement il ne fallait jamais rien laisser traîner, tout devait être toujours rangé.

Parmi les signaux recueillis par l'Ucité ce matin-là, figurait l'absence de Norma_Bt87 à son poste de travail. Le signal était déjà relayé, transmis, traité ; et serait réitéré chaque matin tant que l'élément déclencheur n'aurait pas trouvé la réponse à son comportement. Comme on sait, tout ce qui rentrait dans une case était autorisé ; le système était en train de chercher une case.

À ce moment-là, Norm était déjà au grand portail occidental. Il était encore possible de reculer. Rien n'était encore définitif. Elle pourrait même reprendre sa place le lendemain en choisissant une explication. Mais elle n'y pensait même plus. Elle vit bien un surmoi en panique frapper au carreau, mais elle le laissa crever. Son acte n'était pas un raptus suicidaire ; elle n'était pas le lapin qui fixe les yeux de serpent du fait accompli. Elle avait mûrement réfléchi.

Elle vit le slogan « C'est le diable qui sort de sa boîte ».
– C'est le diable qui fait les surprises, répondit-elle pour elle-même.

Dans sa guérite, un préposé, qui montrait sa bobine au guichet, la hocha. Il inscrivit une note avec conscience.
« Tu ne crois pas que je vais m'évader, chou ? » le questionna-t-elle des yeux. Comme elle remettait les gaz, elle entonna une chanson du poète :

> L'écervelée se moqua de l'homme à la frontière
>
> Hé ho, renâcla le Cerbère
>
> Les vents ont soufflé, les feuilles remuèrent
>
> Ils ne me mettront jamais dans leur carnassière (*)

Elle avait mûrement réfléchi.
« Le matin quand je franchis toutes ces cloisons, je passe du particulier au général, le soir quand je retourne dans mon box je passe du général au particulier ; ils sont le reflet l'un de l'autre et je n'apprends jamais rien de nouveau.
« Désormais, je cesse d'être un cas particulier de la généralité, un exemple de la règle, une case dans le bas de casse. Le contenu est individuel ; il me faut atteindre le singulier, seul passage vers l'universel. »

(*) Syd Barrett, *Octopus*.

Elle passa la journée avec Jedediah. Ils gravirent un piton d'où ils virent le soleil se coucher sur l'océan, et les étoiles s'allumer. Quand l'aurore pointa, elle dit adieu à son ami, redescendit seule et se sangla aux commandes de son engin. Le levier à l'index, Norm engrena le grand pignon dans la boîte séquentielle du bolide, qui s'élança.

Elle avait accompli des progrès fabuleux au contact de son ami. Maintenant elle était prête. Elle glissa la main sur son ventre. La courbe est émotion... L'enfant poserait des questions, elle y répondrait, ni par oui ni par non. Là-haut, ils avaient composé des stances nouvelles, un Cantique des Quantiques qu'elle chanta sur le trajet du retour, en assistant avec une joie espiègle au strip-tease de la mère Gigogne.

Dans son rétroviseur, elle aperçut au large de l'océan démonté une île promise. Les Éléments s'écartaient pour accueillir l'élue tandis qu'elle fusait en sens inverse vers le centre du vortex.
Les murailles de l'Ucité s'effondrèrent sans qu'elle eût à faire usage des trompettes de son avertisseur, puis se rebâtirent derrière elle.
La statue du Grand Un s'incarna en la voyant, voulut se dégager, mais se pétrifia à nouveau quand elle la perdit de vue.
Lorsqu'elle franchit l'enceinte du Tau, les pointeuses suspendirent leur vol, le temps qu'elle disparaisse au-delà des fortifications du ghetto. Les lignes de démarcation du bloc lui firent une

haie pavoisée. Elle abandonna sa caisse sur le trottoir. D'habitude les voisins la voyaient sans la regarder, ce matin tout le monde semblait la regarder mais elle ne savait pas trop s'ils la voyaient. Elle franchit d'un bond la palissade du jardinet, et la maison s'ouvrit sans qu'elle se serve de son bip. Elle n'avait pas de pouvoir magique ; c'étaient les cloisons mentales qui avaient perdu le leur sur Norma.

Elle fit une pause en arrivant dans le living, sa mère lui tournait encore le dos.

« Vraiment elle se laisse aller... elle va encore sortir en cheveux. »

– Tu devrais te raser, Maman.

La provocation était double : une incitation méchante à maintenir une féminité incertaine, et une invitation à un dernier câlin. Car le dernier mot, maman, était incongru. S'il entraînait une réaction, elle emporterait au moins un regret.

Mais Tina ne se retourna pas. Un bras se différencia de la masse du corps, la main s'abattant comme pour dire « Norma, tu me casses les pieds ». Et Norma n'emporta qu'un remords dans la boîte quantique.

• 4 •

Au même instant, le signal se réitérait à l'abandon de poste. Une nouvelle procédure se déclenchait, nécessitant cette fois une intervention.

Le phylarque s'annonça bientôt, seulement accompagné de quatre yéyés. Il n'eut qu'à faire voir ses attributs pour entrer.

– Je viens chercher Norma_87.

– Elle est rentrée dans son box ce matin.

– Vous me le confirmez, Tina_70. Savez-vous pourquoi elle s'y terre ?

– Je crois – je n'ai pas bien fait attention – qu'elle a dit qu'elle allait... peut-être à Sion ?

– Êtes-vous sûre que vous n'en êtes pas certaine ?

Puis dans son attribut pilaire : « Tétration ? Non, c'est impossible... »

Il pénétra dans le box de l'absente, laquelle persista.

Il ouvrit l'alvéole de repos, vide aussi ; hormis une boîte oblongue, dernier rejeton de la grande Gigogne. Il la déboîta et jeta un regard à l'intérieur. Aucun photon n'en émanait.

Le phylarque y braqua un faisceau lumineux qui s'y perdit, y plongea une main qui ne rencontra rien. Sauf un long cheveu châtain foncé dont la racine resta accrochée au dos velu de sa main.

– Il y a un cheveu...

– La fille s'est tirée, chef ?

– Je crois qu'elle s'est itérée.

Les yéyés opinèrent au chef. Cependant leurs mines s'allongèrent. Ainsi que la focale de leurs cristallins ; non content qu'un strabisme les gagnait. Ils avaient parfaitement compris, une fois de plus, pourquoi ils n'étaient pas chef.

Le phylarque examina la planque. Fixés au mur, un tableau ancien, et dessus, ses yeux : Il reconnut, stupéfait, l'*Embarquement pour Cythère*.
– Honni Watteau !
– Chef ! on est prêt, chef !

* * * *

Lui seul savait. Que ça pouvait arriver... Les servitudes de sa fonction ne lui avaient jamais permis de réfléchir à l'éventualité, ni d'envisager qu'elle se produise. Mais à présent il devait s'y résoudre, et le garder pour lui. Le plus urgent pour l'instant était d'empêcher le signal de se réitérer sans cesse. Il n'existait de case dans aucun rapport pour ce qui venait de se passer.

Il avait pensé une seconde évacuer la disparue dans un cercueil vide, mais non. On pouvait tout celer au citoyen, mais les circuits administratifs étaient infaillibles : rien ne se perd, rien ne se crée, et tous les cheveux sont comptés.

Il se rendit seul au centre administratif, monta au dernier étage, engagea son code d'autorisation, ouvrit une boîte noire, dériva un circuit. Puis il saisit un manuel et s'installa devant un écran, afin de récrire quelques lignes de programme.

L'intitulé *portée à l'hyperpuissance* lui parut suffisant. Personne ne demande à quoi correspondent les cases, pourvu qu'il y en ait une de cochée. Celle-là ne le serait plus de sitôt. Et si un curieux la remarquait et posait une question lors de prochains *comices tributes*, il répondrait que le terme hapax manquait d'emplois. Cela n'irait jamais plus loin. On pouvait poser une question par étourderie, deux était saugrenu ; « tout-est-normal » est le nom de notre dieu : chacun l'a en tête, il est sacrilège de le prononcer.

Il rétablit les connexions et rédigea son rapport.

Le signal pourrait changer d'état à la prochaine boucle de feedback.

Ayant terminé son office, il se croyait rasséréné par la solution technique apportée à l'incident. Il revint devant le pupitre avec une tasse de myrte infusé, et son esprit se perdit un moment au-delà des baies vitrées. La condensation, accrochée aux poussières en suspension au-dessus de l'Ucité, l'empêchait d'en distinguer les apparences ; mais dans la grande salle, les tableaux de contrôle lui en donnaient la réalité synoptique. Le détail et l'ensemble.

Moins une diode.

Le relâchement consécutif à l'accomplissement de sa tâche ouvrit une résurgence. La question morale s'insinuait ; comme un double qui réclamait vengeance,

Comme un exécuteur entouré de ses aides.

Ses pensées ne quittaient pas cette fille qui était remontée par capillarité à la surface de l'être. Son photomaton était là à l'écran, suivi de tous ses antécédents. À ce mot, le cheveu qu'il avait déposé sur la console semblait onduler de rire.

Antécédents ! Il avait consacré sa vie à poursuivre l'œuvre des fondateurs : anéantir l'Histoire... et voilà qu'une descendante de la côte d'Adam, même pas casée, s'était jouée du Temps.

L'absurdité était grinçante et le phylarque ferma la base de données avant que d'être frappé de bruxisme.

Accoudé, les mains sur le visage, il cherchait à revenir au tangible, mais la salle informatique résonna bientôt de son désarroi :

– Ah ! les femmes, ah ! l'Amour...

Il sentit que la dix-neuvième dépression nerveuse des Annales allait être pour lui. Et le rationalisme dévolu à un phylarque lui interdisait les neuroleptiques.

Alors, comme un flot trop puissant menaçait d'emporter les digues, il fallait ouvrir les vannes en grand pour préserver l'avenir. Il laissa aller. Ses larmes déferlèrent. À la fin, se tirant les dreadlocks, il implora, la voix coupée par les sanglots :

Ah ! Seigneur ! donnez-moi la force et le courage

De contempler mon cœur et mon corps sans dégoût !

Sept semaines plus tard, une langue de feu se posa sur lui. Il quitta ses fonctions, et en date du cinquantième jour de l'An I, entreprit la rédaction du premier Évangile.

Note du narrateur :

J'ai trouvé dans les silos à livres divers témoignages de l'époque pré-boistique tendant à montrer que l'Ucité ne s'est pas faite en un jour. Les réticences étaient surtout le fait des femmes, évidemment peu enclines à abandonner leurs anciennes prérogatives, telle cette Margaret Mead (1901-1978) :

« Personne auparavant n'avait jamais demandé à la famille nucléaire de vivre toute seule dans une boîte comme nous le faisons. Sans parents, sans soutien, nous l'avons placée dans une situation impossible. »

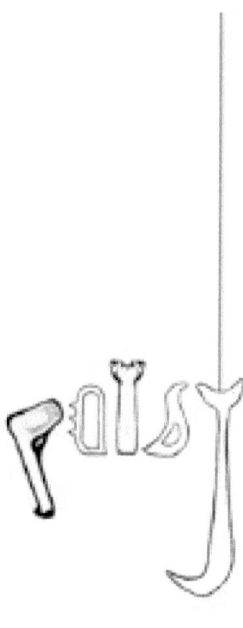

1 - la menace

" J'ai trouvé ces feuillets dans un livre de cuisine. Je ne sais pas si c'est de la littérature ou quoi, ou si l'auteur les cherche... "

Je raconte mon service militaire ? C'est un sujet qui a animé bien des repas de vieux camarades, et ennuyé les repas de bien des épouses et petits enfants de vieux camarades.

Mais je ne l'ai pas fait. Pourtant je peux tenir la discussion à table : J'avais pris le train...

– Où que tu vas, comme ça, mon gars ?

Il fallait qu'un vieux poivrot me demande ça ce jour-là.

– Je vais faire mes trois jours.

– C'est bien, ça ! Ça vous fait pas de mal, aux jeunes, 'd'faire l'armée.

Et le wagon s'en est mêlé.

– Tu peux pas lui foutre la paix, vieux con ! tu crois pas qu'il a déjà assez les boules, le pauv' gars, faut qu'tu l'emmerdes avec tes conneries. T'as qu'à y retourner, toi, t'auras le pinard à volonté !

Je fis comme si j'étais étranger à la querelle, regardant par la vitre la crue du fleuve, qu'on laissait déborder là pour épargner la capitale. Comme je ne mouftais pas, ils finirent par se calmer. C'est une première explication du mutisme qu'on remarque chez moi, j'ai le chic pour créer la zizanie.

Rendu au Fort Neuf, la 304 fut rassemblée dans un auditorium ; projection d'un conte animalier, avec un renard et un hérisson... je ne fais pas de dessin. Puis vestiaire, tous en slip. Une brute épaisse arrive, un malheureux les bras encombrés de paperasse. Il fait l'appel des noms qu'il sait lire sur les dossiers, les remet à leurs destinataires, et direction l'infirmerie.

Quand il eut tout distribué, il restait encore un connard dans le vestiaire. Ça n'arrive qu'à moi. Aboiement :

– Il est où votre dossier, à vous !?

À question idiote, réponse idiote ? forcément. Deuxième raison de se taire. Sans que ça m'empêche de suivre le conseil de Louis Jouvet : regarder son interlocuteur dans les yeux – en l'occurrence de la façon la plus inexpressive possible – jusqu'à ce qu'il entende ce que vous pensez si fort : « vous faites exprès d'être aussi con ? »

– C'est comment votre nom ?

– Claverie.

Il tourna brusquement les talons et me laissa là un quart d'heure. En slip dans un vestiaire couleur pisse, je pensais... À rien.

Je rejoignis le bout de la queue : toise, balance, pipi.

Nous n'avions pas encore de chef. On nous colla un officier de l'Armée de l'Air qui faisait office de parrain. Genre « vous savez l'armée c'est pas que les gros bourrins que vous voyez ici ». Un beau brummel... et l'uniforme, il n'était pas cousu pour un rampant. Haute voltige haute couture ; la crème. Type très sympathique au demeurant. Quand je dis « au demeurant », cela tient aussi compte de ce que Picasso n'était plus là pour montrer les Guernica.

On nous conduisit dans une salle de classe pour des tests psychologiques. Par exemple, voici vingt métiers, classez-les selon votre ordre de valeur. La provocation n'exclut pas la franchise ; il fallait pas poser la question.

Au repas des anciens camarades, ceusses qui l'ont fait peuvent passer le crachoir à ceux qui ne l'ont pas fait, qui ont à leur disposition le sujet ô combien vaste des méthodes pour se faire réformer. Folie, autisme, parkinson, cécité, et autres débilités simulées. Je n'étais pas venu pour jouer ou biaiser. Non c'est non ; maintenant essayez de me casser.

Oh ! vous étiez objecteur ? « Bienvenue, nous aussi on a horreur de la guerre ! » Il suffisait de remplir le formulaire et de connaître la chanson de Boris Vian, vous étiez pris d'office, dans un corps de faux jetons. On avale une couleuvre, on finit gourmet comme un kouchnère ou repu comme un joschka.

Après avoir ingéré (notre aviateur en fut contrit) des pâtes dont la recette doit relever du secret militaire, nous sommes passés aux tests intellectuels, dont un cours de morse accéléré. Je n'ai jamais été si positivement réactif dans un exercice d'évaluation, et plus motivé à mettre en valeur mon intellect. Mais j'aime aussi beaucoup les hérissons.

Puis ce fut la visite médicale. Un médecin militaire regardait mes radios, et un appelé, qui d'évidence venait de terminer médecine, faisait le secrétaire. Tout ce qui le faisait chier, c'était que j'allais être exempté ; ça ne lui suffisait pas, à lui, d'être planqué parmi les planqués. Pour un frustré, même si vous prenez soin de ne pas avoir un air supérieur, votre calme est déjà blessant. Il aurait fallu que je roule des yeux apeurés, ou que je regarde mes pieds (ce que je fais pendant un contrôle de police, ça ne mange pas de pain et ça évite d'en prendre). Il crut pouvoir me dire, la lèvre supérieure retroussée :

— Vous savez, c'est pas parce que vous avez un beau dossier que vous allez y couper... On en a pris des plus infirmes que vous.

Ce qu'il prenait pour infirmité, ce devaient être les stigmates de ce que je n'avais pas été élevé comme lui dans la ouate. J'eus ce jour-là une troisième raison de me taire : les gens qui font les questions et les réponses. À mon air, il s'est repenché sur mon dossier pour y chercher que j'étais sourd.

En fait de trois jours, ça ne durait plus qu'un jour et demi. On revenait le lendemain pour se voir signifier l'avis d'aptitude.

Les quarante qui passèrent avant moi quittèrent les suivants d'un morne « À bientôt », non sans avoir confirmé que le gradé derrière la porte, « sur son bureau de toute façon il n'a qu'un tampon, c'est "Apte" ». Ça n'entamait pas l'insouciance du gamin que j'étais. Peut-être était-ce à cause de ce qu'il pensait... à rien.

J'entrai à mon tour ; l'officier orienteur examina un feuillet de mon dossier, ouvrit un tiroir à main gauche, qu'il referma cinq secondes plus tard : le tampon "Exempté" était retourné à sa place. La grande muette a eu le dernier mot.

Voilà, le sujet était clos. Oui, mais qui es-tu ?
Serais-tu pacifiste ?
– Je veux parler à un belliciste.
Antimilitariste ?
– Valmy.
Insoumis ?
– Ils ont bien coupé les c... à Elvis.
Content ?
– Je ne saisis pas la question. Ce n'est pas une année dont on me fait cadeau, je n'avais pas l'intention de la céder.

Pas tout à fait clos. Je ne savais pas ce qui se serait passé s'ils m'avaient pris. Je pensai qu'à « présentez arme », je l'aurais laissé aller à terre, ou que j'aurais armé et tiré la détente. Et on n'aurait pas gardé en taule un type dont on ne tirait pas un mot. Peut-être l'ont-ils compris. Ils ne sont pas plus cons que moi.

Je et moi, on a des réunions, on essaie d'être clairs. Laisser aller l'arme à terre... le rejet de l'autorité, ok... mais tu ne sens pas une phobie là-dessous ? oui, c'est bien possible ; ça va nous ramener dix ans en arrière.

Enfant, j'étais livré à moi-même, toujours fourré avec quelques copains dans le même cas. Affrontant le monde et ses dangers.
Normalement, on nous aurait gardés à la maison en nous expliquant « attention c'est dangereux » à l'aide d'un imagier. L'inhibition se serait formée

71

petit à petit, jusqu'à ce que « ne parle pas à un étranger » ou « présentez arme » soient des stimuli comme des autres. Seulement, nous étions un peu comme tombés du nid.

Les gens nous appelaient des démons, mais nous n'étions pas échappés de l'enfer, nous y plongions. En faire un paradis... je ne sais pas ; sauf à considérer que la vie est un paradis. Ce qui nous menaçait n'avait rien à voir avec ce qu'avait lâché Pandore sur les grandes personnes. La Maladie, la Folie, le Vice, étaient des maux qui ne nous concernaient pas. Cette problématique d'adultes nous aurait paru foireuse ; comment ! ils sont bêtes et ils accusent la Bêtise !

On entendait régulièrement parler de gosses qui se faisaient sauter dans des blockhaus avec des grenades oubliées, foudroyer sous l'orage à l'abri d'un arbre, kidnapper par des cinglés, etc. Être prévenu du danger ne vous apprend pas à apprécier les risques, rien ne remplace de faire sa propre expérience.

Notre développement physiologique incomplet augmentait les dangers ; même en ayant fait attention, nous avons eu de la chance. Mais nous l'aurions tentée davantage pour avoir l'avers de la médaille. Ça nous chagrinait de voir des enfants pas dégourdis.

Il y avait quantité de façons d'y passer. La manière gravitationnelle (tomber d'un toit), la manière thermique (jouer avec le feu), la manière cinétique (accident de circulation), la manière mécanique (passer dans un broyeur), et l'électricité, l'empoisonnement organique... Pour les ogres et les chiens méchants, il suffisait de rester groupé.

Et puis il y avait les armes à feu. Nous avions une carabine. Où l'avons-nous volée, et les munitions ? On se promenait, le nez au vent, on trouvait tout. C'est fou ce que les gens perdent ou oublient. Mais notre eldorado, c'était les décharges, ces « *atlantides que survolent les mouches cantharides* » (*). À l'époque elles n'étaient pas bien fermées, on n'y cachait pas encore des fûts de dioxine. Des fois, on y allait pour le sport, balancer des bouteilles sur les rats – le tri sélectif n'existait pas.

Notre pas de tir était un moulin dans les bois, une ruine au bord de l'eau, tellement abandonnée que la végétation en avait effacé l'accès. Un tour de garde à l'entrée du bois assurait notre discrétion. On pourrait y retourner aujourd'hui et compter les douilles, elles y sont sûrement toujours enterrées. Nous avions des règles de sécurité strictes. Nous nous y tenions d'autant mieux qu'un nouveau danger s'était révélé. Dangereux de ce qu'on ne savait pas le mesurer. Inconnu, invisible, qui avait trouvé dans la poudre un moyen d'expression à sa mesure.

Là apparaissait un monstre. Émergeant des eaux troubles de l'inconscient, comme celui qui attire les touristes en Écosse, que les gens de bon sens appellent superstition. Le pouvoir.

Un problème ? > bang ! bang !

(*) Serge Gainsbourg, *Ballade de Johnny Jane*.

Nous avions découvert une force que nous n'avions pas cherchée. Alors que les adultes en arrivaient péniblement à « je est un autre », nous en étions déjà à « je et un autre ».

Toujours là, proposant ses services à un amour-propre blessé, brandissant un flingue : « je peux régler ça ». On ne pouvait pas le chasser de notre bande, il fallait le garder avec nous pour le surveiller. Si nous l'avions dénoncé, il aurait été relâché et on se serait occupé de notre trauma. L'adulte nous apparaissait de plus en plus comme une marionnette qui ne voyait pas ses ficelles.

À dix ans, le collège nous a repris en main mais nous avions fait l'essentiel de notre éducation. Je n'ai pas toujours des nouvelles de tous. Je sais que celui qui avait le plus peur de grimper est devenu guide de haute montagne. Le dernier que j'ai revu était en sciences humaines. Il m'a parlé d'un dialecticien célèbre qui avait étranglé sa femme.

Nous passons pour endurcis ou insensibles, par ceux qui revendiquent d'être plus humains parce qu'ils étalent leurs faiblesses. On se souvient de Björn Borg, ce joueur de tennis dont on disait qu'il n'était pas humain. Les gens guettaient le moment où il fendrait l'armure, perdrait ses nerfs avec un match. La raison pour laquelle ça ne pouvait pas arriver, c'est que ce problème était derrière lui : Quand il avait la teigne McEnroe en face de lui, il se voyait lui-même à onze ans, interdit de court pendant six mois pour comportement caractériel.

Les faibles gardent un *Rosebud* dans le grenier, les autres repassent leurs jouets à leurs puînés.

De mon enfance, j'ai gardé une défiance vis-à-vis des armes à feu. Me sont restées aussi une certaine peur des couteaux de cuisine – le cinéma et les faits divers y étaient pour quelque chose – et la crainte du vide. Ce n'est pas le vertige ; qu'il me suffise de dire que le mot garde-fou n'a pas été choisi au hasard.

Les trois années qui ont suivi mon exemption, j'ai vécu sur le pécule que m'avaient laissé mes grands-parents, et j'ai formé ma jeunesse. En voyageant, donc. De préférence dans des pays au change avantageux, ce qui m'a mené vers la pauvreté et l'instabilité politique.

L'Amérique, de Chihuahua à Viedma ; puis l'Afrique, de Bonne-Espérance jusqu'à la Corne. Rembarqué pour le Moyen-Orient, je remontai le Chatt-el-Arab et le Tigre, jusqu'à la frontière syrienne, où je m'arrêtai quelques mois.

– De quel pays es-tu ? me demanda mon hôte.

– Je ne suis pas encore marié, lui répondis-je, citant un proverbe local.

Je rencontrai Hawdem. « On dit qu'en cette partie du globe l'âme humaine est si pure que les femmes peuvent se baigner nues dans les rivières. » Agatha Christie rapportait un on-dit, et je ne l'ai pas vu non plus, bien qu'Hawdem ne craignît pas la température des rivières de montagne. Mais je la vis certes nue, à chacun de mes rêves.

Quand nous eûmes décidé d'un avenir commun, je lui demandai si ses parents accepteraient notre mariage.

– Que tu sois étranger n'est pas un problème particulier. Mais nous avons un proverbe qui dit : « Avec un âne, tu possèdes un fils. Avec un gendre, tu ne possèdes qu'un âne. »

Je l'épousai selon le rite tribal. Nous fîmes tout de même faire des papiers officiels. Faux, pour des raisons pratiques : les faux sont délivrés tout de suite, et ils sont enregistrés aussi vite que les vrais.

Kurde avec une origine kazakhe (ou kazakhstanaise, je ne sais pas trop), Hawdem pensait que la perestroïka lui rouvrirait le pays de sa mère ; nous avons traversé le Caucase et la Caspienne, et sommes restés six mois dans l'oblys d'Almaty. Sans être la plus grande des quatorze provinces du Kazakhstan, il a la taille de la Grande-Bretagne. Quand les techniques d'exploitation pétrolière auront progressé, en même temps que les réserves des voisins se seront épuisées – et si les petits cochons ne les mangent pas – les Kazakhs pourront tourner les remakes de *Géant* ou de *Dallas*.

Renonçant à nous y installer, et Hawdem ne pouvant obtenir un quelconque visa pour aller plus à l'est, je l'ai ramenée ici. J'ai fait plusieurs boulots ; à l'époque, l'hyperspécialisation n'était pas encore complète, et on pouvait débuter sur le tas dans pas mal de branches. Et une petite fille nous est née. Hawdem a trouvé Javotte un ravissant prénom.

Ma peur des grands couteaux s'était effacée, par l'usage courant que j'avais fait du bowie qu'on m'avait offert au Mexique (échangé contre un peso, on n'offre pas un couteau). Et j'avais guéri de ma fascination du vide en tenant la main d'Hawdem dans le Taurus.

Restait un léger souci. Deux cents fois, j'avais vu sans émotion des armes à feu braquées sur moi ; mon problème ne résidait pas là, mais dans l'émotion que j'avais à en tenir en mains. Et des images qu'en formait mon cerveau dans les moments de frustration.

L'immédiateté de la satisfaction. La bête enfouie qui ne fait parler que la poudre.

Résolu à descendre en moi-même, j'achetai une licence au club de tir local. Les premiers mois, on me prêtait une arme. Par la suite, j'ai contracté un crédit sur ma propre carabine. On peut aussi l'appeler fusil à partir d'un certain calibre. Bien sûr, tout mon équipement restait au club ; pas de ça chez moi.

Pour le budget des munitions, les cigarettes que j'ai arrêté de fumer. C'est une habitude que j'avais reprise pendant mon voyage – comment voulez-vous vous faire des amis en Amérique latine si vous ne fumez pas ? Mais, demandera-t-on, d'où vient le besoin de parler à des étrangers chez quelqu'un d'aussi taciturne dans sa langue maternelle ? On en était à combien de raisons ?... Avec les étrangers, il y a un postulat qui n'est pas contesté, c'est que vous ne parlez pas la même langue : Ça coupe court à l'amphibologie et facilite la communication.

Laissant de côté l'arme de poing, j'ai commencé par la carabine à 10 m. Je retrouvai assez vite les acquis de l'enfance et passai au 50 m où ma maîtrise se révéla progressivement.

L'année suivante fut installé un pas de tir de 300 m. Là, il ne faut plus seulement « savoir viser », mais des qualités physiques. Au 3x40, on a quatre heures pour tirer cent vingt munitions, autant de prises d'apnée, quarante dans chaque position : couché, debout, un genou à terre. Ce qu'on voit de la cible fait soixante centimètres de diamètre et on tire sans lunette. Les organes du corps humain, la respiration, le pouls et tout le tremblement, on n'a pas idée de ce que ça peut faire remuer une carcasse. Le maître mot est contrôle. Contrôle du corps, de la décision du tir, maîtrise des paramètres mécaniques, balistiques, optiques, météo.

Pour entraîner ma concentration, je tirais parfois en cachant des écouteurs sous le casque. Le harènbi, ça le faisait grave. Je ne sais pas si c'est d'avoir résisté à ça... mon niveau se hissa rapidement à celui du champion que nous avions au club.

L'écrivain pratique l'écriture automatique, le dessinateur fait des croquis les yeux fermés, le joueur d'échecs des blitz, Beethoven devient sourd. À partir d'une certaine maîtrise, le cerveau peut couper les attaches avec le camp de base et aller seul au sommet. J'avais proposé à mon meilleur adversaire des matches en tir ultra-rapide, et aussi au tir sans épauler ; les résultats sur 50 m nous surprirent, comme de jeunes Skywalker.

Dans les clubs de tir, on voit parfois arriver des excités. Les responsables les recadrent très vite ou les éconduisent. C'est comme dans la police, (il y a des pays où) ils ne prennent pas n'importe qui ; la difficulté tient dans le fait qu'un club sportif est théoriquement ouvert à tous. Cependant, les têtes brûlées se rendent vite compte qu'elles se sont trompées d'adresse : elles viennent pour un western et voient David Carradine dans *Kung Fu*. Il en reste quand même, mais leurs bavures sont commises en dépit de ce qu'on essaie de leur apprendre ici, et ne peuvent être imputées au club. Comme ce jeune militaire de carrière qui allait braconner la nuit avec une arme de guerre. Il avait préféré sa carrière à la vie de deux gardes-chasse ; mais avait oublié d'en achever un et de lui faire les poches : l'immatriculation de son véhicule était déjà relevée. Le garde s'est traîné jusqu'à une route où l'ont ramassé des fêtards.

Pour certains, le fait d'être du côté de la crosse suffit amplement à les calmer, le canon tient son rôle de symbole phallique, et ils ne demandent qu'à venir tirer un coup de temps en temps. Autant de jeu de mots ici, que de jeu entre les images mentales de deux pistolets.

Une bonne proportion des tireurs que je côtoie travaille pour l'Intérieur, la Défense, ou dans des sociétés de sécurité. Très peu parlent boulot et ils ne font aucune distinction à mon égard. Ici il n'y a pas de péquin, et votre grade c'est votre carnet de tir.

Et puis il y a les collectionneurs, comme Patrick. Il a apporté un jour une carabine, me la présentant comme l'arme employée pour tuer Kennedy, un Mannlicher-Carcano.

J'examinai l'arme, cherchant la filiation avec mon Steyr-Mannlicher.

– C'est le fusil italien de la Seconde Guerre mondiale. Modèle 91/38, celui-ci date de 1940. Les Américains en ont remporté des stocks en trophée.

– Mais pourquoi Mannlicher ?

– À cause du système de chargement, c'est lui qui l'a breveté. On ne le trouve que sur deux armes en service à l'époque, l'autre est le Garand M1. Je te laisse faire, je t'explique après. Voilà le chargeur.

– C'est du 6,5 x 55 suédois ?

– 6,5 x 52... un calibre qui n'est pas utilisé dans les armes modernes. Je ne risque pas de mettre une munition qui part à Mach 3, la chambre ne tiendrait pas la pression. On en trouve encore dans les surplus, mais il faut les réamorcer ; ça c'est du neuf. C'est encore fabriqué, mais ils chargent un peu moins... là c'est du 139 grains.

Le chargeur est rudimentaire : un "clip" qui maintient six balles ensemble, sorte de magasin amovible. J'ouvre le magasin de l'arme, y enfonce le clip avec six cartouches.

– Vas-y, ça entre dans les deux sens. Pratique au combat !

Je verrouille. Je manipule l'arme, la caresse... Je me mets en position, cherche la prise en main, un équilibre.

– 1,02 m pour 3,4 kg. Il est réglé d'origine pour dégommer l'ennemi à 200 m ; à 100 m il faut viser plus bas ou régler la mire. J'ai monté la hausse pour le tir à 50 m. Je sais que tu aurais aimé l'essayer sur le 300 mais il serait un peu juste en précision.

Peu familier du cran de mire, je faillis manquer la cible au premier coup ; fis mieux au deuxième.
– Il était à quelle distance, le tireur, à Dallas ?
– Un peu plus de 50 m. Comme tu es là.
– Il avait pas besoin d'être tireur d'élite !
Je mis la troisième dans le 7.
– Eh ben il l'a raté quand même.
– Comment ça, il l'a raté ?
– Ben oui, au premier coup, il a eu le trottoir.
– Attends, mais je viens de te le dézinguer deux fois, ton John Fitzgerald... soit il était bourré, soit il n'avait jamais essayé l'arme. Ou alors un emmerdeur menaçait de se suicider dans la pièce à côté ! (*)
Je commençais à bien sentir ce "novantuno trentotto". Mon quatrième tir fit 9. J'éjectai l'étui en actionnant la culasse, et réarmai.
– Il a quand même fini par l'avoir, à ce qu'il paraît...
– Deuxième tir dans le dos, et le troisième dans la tête, à 80 m.
– Eh ? mais tu vois le temps qu'il faut pour éjecter. Après il faut rattraper la mire... il a fait ça deux fois, et la voiture n'a pas avancé de 30 m ?

(*) cf. *L'Emmerdeur*, d'Édouard Molinaro, avec Jacques Brel et Lino Ventura.

— J'ai calculé, ça fait tout juste du 12 km/h. Le chauffeur, surpris, a même ralenti au lieu d'écraser le champignon. Tranquille, sans zigzaguer, avec l'axe de la route pratiquement dans le prolongement du canon.

— C'était un carton, pas une cible mobile ! En tout cas, l'assassin améliorait ses tirs beaucoup plus vite que moi...

Je repris la ligne de visée. Soignai mon lâcher : Pleine mouche.

— Il doit me rester un coup.

J'éjectai. Réarmai. Bling !

— Qu'est ce qui se passe ?

— Le clip qui tombe du magasin ! Ça surprend, hein ? Ça t'indique qu'après ton prochain tir, il faudra recharger. Là, le chargeur tombe quand la dernière balle entre dans la chambre, alors que sur le Garand, il tombe quand tu la tires.

— Le type a tiré combien de balles ?

— Trois.

— Il lui en restait trois, alors.

— On a retrouvé une seule balle dans la chambre du Carcano, qu'il a caché derrière des cartons avant de déguerpir.

— Alors tu pars à la chasse au Kennedy, tu as un chargeur pour six balles, et tu n'en mets que quatre ! C'est vrai qu'il avait prévu large... Et il cache son fusil ! il avait peur qu'on le lui vole ?... Il a tiré trois coups, tu dis. On a retrouvé les étuis ?

— Par terre devant la fenêtre, dans sa planque au cinquième étage.

Je ramassai le clip à mes pieds.

— Donc il a éjecté trois fois, et comme il a refermé la culasse, avec la dernière balle dans l'arme, on a dû retrouver le clip sur le sol avec les étuis.

— Non, il était dans l'arme.

— Comprends pas.

— La commission d'enquête a déclaré que le clip se coinçait sur la moitié des M91.

— C'est l'explication des revers de Mussolini ?

— En tout cas, le mien l'a toujours laissé tomber par terre.

— Bon, ben moi je vais la tirer, la dernière. Au fait, si tu oublies le clip à la maison, tu ne peux pas tirer ?

— Si, mais tu dois charger tes balles une par une.

— Oui, si t'es quand même venu avec trois ou quatre balles...

Cela donnait à réfléchir ; je laissai mon cerveau intuitif faire seul le dernier 10, puis remerciai Patrick en lui rendant l'arme.

— Très plaisant ! Ceux qui ont fait ça travaillaient pour l'art... même si le cahier des charges est signé par la Mort. Elle est bizarre ton histoire, j'imagine que des millions de gens ont déjà cogité là-dessus ; ce n'est plus aujourd'hui qu'on va résoudre l'affaire, hein ?

— Ce flingue, c'était pain bénit pour les tenants de la théorie du complot. Mais les autres aspects de l'affaire sont du même tonneau !

— Pour faire un complot, il suffit d'être deux. Mais dès qu'on prononce le mot, c'est fou comme tout le monde se sent visé... En anglais, ils ont le même mot pour complot et intrigue. En tout cas, ta carabine qui n'a pas un chargeur comme tout le monde, ça fait vraiment grain de sable, le truc qui fait chiner les romanciers pour construire la leur, d'intrigue... Mais si pas un n'a dénoué le complot !... Ton gars, là, comment il s'appelle...

– Oswald. Lee Harvey Oswald, 24 ans, ... je peux t'en parler pendant des heures.

– Oswald. Il vient là le bec enfariné, avec quatre balles. Pourquoi pas une seule, moi je serais venu avec une balle, pas besoin de chargeur si j'ai qu'une balle à tirer. Je tire ma balle, et puis salut ; après il y a des types des services secrets qui viennent jeter quelques douilles par terre et il y en a un qui dit « merde le con il est venu sans sa connerie de chargeur Mannlicher ». Ils vont en chercher un ; quand ils reviennent les flics ont déjà trouvé les douilles, alors ils mettent le clip dans l'arme, et « regardez les gars, on a trouvé le flingue que vous cherchiez depuis trois quarts d'heure ! »

– Oui, c'est une des choses qui ont été dites... La balle unique, par contre, je ne sais pas. Le M1 Garand, qui équipait l'armée US a été fabriqué à cinq millions d'exemplaires...

– Glups !

– ... alors quiconque avait touché une arme connaissait le M1 et son système de chargement, et ceux qui auraient trafiqué le M91 auraient pensé qu'il éjectait son clip de cette manière si familière à tous.

– Et ce fut leur erreur car nous les avons démasqués !

Si le reste était vraiment aussi compliqué à souhait (pour une fiction on dira à dessein), je pouvais remettre à plus tard de relire mes Miss Marple pour m'intéresser à la question.

J'en ai reparlé une fois avec Patrick, qui m'a indiqué quelques sources. Il était retraité, et ayant eu l'opportunité de se rapprocher de ses petits-enfants, il a déménagé, et nous n'avons pas repris contact.

C'est vers cette époque que j'ai connu Ruth Schmertz, en tant qu'amie de ma femme. Ruth vit près de la frontière est du pays. Son mari est ingénieur chez un fabricant de matériel militaire, mais ils sont séparés, sans enfants. Elle a des amis en ville, et comme responsable d'une association pour l'amitié avec le Moyen-Orient, elle avait organisé une réunion-débat à laquelle était allée assister Hawdem. Malgré les quinze ans qui les séparent, elles se sont rapidement liées d'amitié, et malgré les quatre cents kilomètres, Ruth a fait le voyage beaucoup plus souvent. Presque tous les mois. En fait, c'est volontiers qu'elle sort du petit bourg d'où elle mène ses activités, seule dans la maison qu'a quittée son mari. Hawdem lui apprend sa langue et les coutumes yezidies, en retour Ruth complète l'aide que je lui apporte à la compréhension de notre pays. Les trucs de femmes en plus. Et, à propos, la famille va s'agrandir.

J'en arrive à un passé récent, car c'était juste avant qu'Hawdem ne commence à porter des habits de grossesse. Ruth nous avait fait inviter à une soirée donnée par ses amis. Il y avait là des artistes qui – hormis le peintre – donnèrent quelques lectures et récitals, et aussi un fils de cheik en séjour étudiant, une comtesse, un homme d'affaires, un Premier ministre en exil, la fille d'un consul, et même un ancien peshmerga pachtoune. Et du côté des nationaux, le mari de la sous-préfète, la directrice du centre culturel, une femme d'affaires, un archéologue, un higoumène (*), et encore trois énergumènes. Sans oublier nos hôtes, un banquier et sa femme. Pour imaginer société plus hétéroclite, je n'avais qu'à me représenter au milieu d'eux. Bien qu'ami de la diversité, je me fis une réflexion idiote sur la passion paradoxale des gens à l'abri du besoin pour le patchwork. Le comique que je trouvais à la scène augmentait ma sympathie pour Ruth ; et en même temps ça pouvait expliquer le départ de son mari. On a le droit d'être pot-au-feu.

Je n'eus aucune difficulté à entretenir les convives des charmes touristiques de la région de Dahuk : le sanctuaire de Lalish, le village perché d'Al-Amadia, le pont Dalale à Zakho, la rudesse de l'hiver, la chasse à la perdrix... C'est comme si j'avais parlé du plateau de l'Aubrac au sous-préfet consort, tout ce que je disais était de toute façon

(*) abbé régulier de l'église copte orthodoxe.

formidablement intéressant. Voilà pour l'Amitié Culturelle.

Mais deux jours plus tard, en rentrant du travail, je trouvai au square les deux amies et un iranien barbu avec qui nous avions dîné. Nous rentrâmes ensemble boire l'apéritif. L'invité parla un peu des monts Zagros. Ses yeux me firent penser à des appareils photo miniatures, et il ne perdait pas une miette de ce que nous disions.

C'était la semaine des curieux. À mon travail a été embauché un type qui semblait préoccupé de s'attirer ma sympathie. Et en même temps, il essayait d'en venir quelque part. Il tendait des perches, que je saisissais mollement ; il finit par me dire qu'il était gauchiste, je compris sous-entendu : comme toi. Moi, les gauchistes, je ne sais pas bien les reconnaître, c'est pour ça que les flics arrivent si bien à les infiltrer. Je dégustai l'appât sans avoir l'air d'éviter l'hameçon.

Il y a un truc qui n'allait pas dans son personnage, c'est qu'il n'était pas idiot et qu'il avait toujours *Sidération* avec lui. Le patron de ce quotidien d'opposition avait dû remplacer son rédacteur en chef car des photos circulaient de lui, embrassant le chef du parti au pouvoir sur les deux joues. Des abonnés, qui ne voulaient rien voir, avaient même protesté que le pouvoir faisait pression sur les patrons de presse. Il n'y avait qu'un flic pour croire qu'on pouvait être gauchiste, intelligent, et lire ce journal-là.

On voit trop de gens bizarres pour que j'aie eu l'impression d'en voir plus que d'habitude. Je croyais d'ailleurs rencontrer plus de gens normaux ; je m'améliorais peut-être socialement. Un matin que je courais dans un parc, je rencontrai un vieil homme que je croisais souvent à la bibliothèque. Je m'arrêtai pour le saluer. Nous n'avions encore jamais conversé, je le découvris féru de mythologie. Nos pas nous conduisirent au-dessus d'un plan d'eau ; en haut de l'escalier qui y descendait, de chaque côté, étaient disposées des jarres ; cela nous amena à celle de Pandore.

– Savez-vous pourquoi l'espérance est un des maux de l'humanité ? Et pourquoi ne sort-elle pas ? demandai-je.

– Parce que l'espérance est une impasse, l'homme est mortel.

– Les Grecs étaient si pessimistes ?

– C'est peut-être la raison de leur déclin.

– Mais ce mythe ne date pas de la fin d'Athènes ! Que l'espérance puisse être considérée comme un mal, je veux bien, mais qu'elle reste dans la boîte ?

– Parce qu'elle est à la fois un bien et un mal, et que nous devons apprendre à nous en servir, je suppose...

– Vous trouvez ça convaincant ? Les mythes appartiennent à tous, mais chacun s'en remet aux doctes ; du haut de la chaire, l'abus de position dominante ne traîne pas ! On dirait que les maux échappés viennent contribuer à l'interprétation du mythe... la tromperie, par exemple.

— Et la vieillesse, qui me frappe, y contribuerait aussi... Monsieur, vous piquez un helléniste au vif : J'ai chez moi quelques ouvrages... je vous dirai ce qui est écrit en grec dans le texte. Le dernier mot appartient aux fossoyeurs, mais la vérité n'est jamais morte, vous savez... Oh ! je peux vous téléphoner si vous êtes pressé ?

— Je n'ai pas le téléphone.

Il me regarda un peu interloqué, et partit à rire.

— Eh bien je suis forcé de l'avouer, de nous deux c'est moi le moderne !

— Si vous gardez vos horaires habituels à la bibliothèque, je saurai vous y trouver.

— J'y serai vendredi matin. Voyons-nous dix minutes avant la fermeture si vous le voulez bien. La question m'intéresse, je vais m'y plonger en rentrant.

— C'est entendu.

Je commençais à avoir fait le tour de mon problème avec les armes, je venais de renouveler ma licence en pensant que ce serait peut-être la dernière fois. Quand deux types sont apparus.

Ce n'était pas la faune habituelle, mais une catégorie que je reniflais de loin. Ces gars-là n'étaient pas des brêles ; à leur costume on reconnaissait déjà des bureaucrates, autrement dit les intellectuels du maintien de l'ordre. Je les voyais faire quelques cartons au pistolet ; ils engageaient la conversation avec tout un chacun, mais le pli ancien pris par leurs zygomatiques montrait que c'était contre nature.

Au bout de deux semaines, comme je prenais un rafraîchissement au bar, ils m'invitèrent à leur table après s'être présentés.

Smert parlait, Moretti préférait me regarder. Le premier me passait la pommade pendant que l'autre faisait mon étude psychologique. La leur était toute faite. Smert écarquillait les yeux comme s'il craignait qu'il lui arrive quelque chose pendant un battement de cil, semblait sujet à la sudation, et essayait quand même de sourire en parlant. Moretti au contraire souriait doucement avec les yeux, et une manie de se mordiller l'intérieur des joues donnait à sa bouche la sensualité d'un sphincter. Je ne savais pas de quelle hiérarchie, mais il devait être le supérieur du bavard ; lequel tournait quelquefois la tête de son côté pour s'assurer qu'il ne commettait pas d'impair. Au bout de dix minutes, on commença à parler de moi.

– Vous avez atteint l'élite en peu de temps, bravo ! Ils parlent de vous à la fédération. Vous n'avez jamais pensé que vous pourriez rendre service à votre pays ?

– En participant aux Jeux Olympiques ?

– Ou à des opérations d'intervention.

– Je ne sais pas tirer sur des gens.

La confusion belge entre savoir et pouvoir était ici utile.

– Sans vouloir vous flatter ou vous offenser, vous êtes pourtant difficile à émouvoir.

– Être tireur de précision et faire partie d'un corps d'élite sont deux choses différentes ; je veux dire...

ici, c'est la fête foraine. En mettant en joue, on ne pense pas aux mêmes choses quand la petite a la varicelle et quand on va faire des orphelins.

– Je croyais qu'on faisait le vide dans sa tête pour tirer.

– Quand on a la tête vide, il y a un petit vélo qui nettoie les araignées au plafond.

– Euh... oui... enfin à ce qu'on m'a dit, personne ne vous approche en force de concentration. Il ne vous faut que quelques secondes pour déclencher un tir.

– Mais vous savez, mon record n'est qu'à 1159.

– Moi je dirais plutôt 1189, record du monde.

Ils guettaient leur effet. Je leur fis un mince sourire. On avait observé que je gardais toujours trente cartouches à part, celles que je mettais dans le 9. Pas assez discrètement.

– Pourquoi dissimuler une telle habileté ?

– Je tire pour moi, je n'ai rien à prouver aux autres.

– Vous avez bien une famille à nourrir.

– Je pourrais gagner plus si j'avais plus de besoins.

– Avec ce que vous pourriez gagner, vous ne sauriez même plus ce que c'est, des besoins. Et le travail non plus. Alors ?

– Alors quoi ? Au début, on discutait gentiment, après on a questionné, maintenant on interroge...

Moretti prit le relais.

– On s'interroge aussi en haut lieu... Vous êtes bien allé au Moyen-Orient ?

– Vous croyez qu'ils entraînent des snipers en Afghanistan ?

– Pourquoi en Afghanistan, vous n'y êtes pas allé... si ?

– Vous en savez des choses. Je dis l'Afghanistan parce que vous avez l'air d'insinuer que j'ai pu aller m'entraîner avec des terroristes.

– Il y en a peut-être en Syrie...

– Je suis déçu, vous ne savez pas si je suis allé en Syrie ou pas...

– Je dirais qu'il y a trop de choses qu'on ne sait pas de vous.

Un blanc.

– Écoutez, si vous me trouvez un acheteur pour mon matériel, je rends ma licence, et vous me dites où vous envoyer les cartes postales, parce qu'à partir de maintenant, j'aimerais que vous me fassiez des vacances. Je vous laisse y réfléchir... si je ne suis pas aux arrêts, c'est tout pour aujourd'hui.

Je me levai et partis. Moretti me rejoignit au vestibule.

– Si je n'étais pas sûr que vous êtes parfaitement calme, je m'excuserais de vous avoir énervé. Nous avons été un peu brusques. Il est important que nous poursuivions cette conversation, revoyons-nous s'il vous plaît, à la fin de votre prochaine séance ? Ou ailleurs si vous préférez.

– C'est égal ; mardi ici.

Le lendemain, je pensai à aller à la bibliothèque à midi moins vingt. Le vieil homme m'attendait. Il semblait content du résultat de ses recherches.

C'était bien l'espérance qui restait dans la boîte.

– Cependant il faut plutôt traduire par crainte. L'homme souffre de l'appréhension de ce qui lui arrivera si la jarre s'ouvre. Il en est délivré quand les maux s'échappent. C'est alors que l'appréhension s'inverse en espérance, et les maux ne sont plus que sept.

– Il aime se pourrir la vie !

– Lorsqu'il était encore animal, la peur lui signalait le danger, et lui donnait des ailes face au prédateur. Humanisé après avoir conceptualisé la mort, il se rend compte qu'il ne peut raisonner sa peur puisque sa raison lui dit qu'il n'échappera pas à la Faucheuse.

– Et à nouveau, la peur lui donne des ailes : il invente la religion et les anges. Après ce gros mensonge, il ne sera plus à un près.

– Mais la peur animale est toujours là. Et elle ne lui porte plus secours ; au contraire, il est tétanisé. En proie aux phobies.

– Un comble. Seul être doué de raison, et seul à avoir des phobies. Mais revenons à la praxis, si vous le voulez bien. La crainte est aussi une arme chez les hommes. Est-ce que vous jouez aux échecs ?

– Il m'arrive encore d'étudier quelques parties de maîtres...

– Tout cela ne vous rappelle-t-il pas une de leurs phrases ?

– Attendez... La menace est plus forte que l'exécution !

– C'est ça. Quand le coup est porté, réagir est

aisé. Mais quand l'épée est au-dessus de Damoclès ! D'où viendra le coup... à quel instant... c'est une quantité proprement épuisante de possibilités à anticiper ! Le temps passé à évaluer la position est mis à profit par l'adversaire pour renforcer sa menace. Et les possibilités de défense s'amenuisent. Puis il est trop tard pour tenter une sortie. Vous êtes bientôt en zugzwang... Voilà l'assaut final : une pichenette vous terrasse.

— La vie et les échecs sont tous les deux une lutte constante, disait Lasker.

— Orwell nous a montré comment la menace d'un ennemi fictif aide au maintien de l'ordre. Il ignorait que son homonyme ferait de sa patrie le pays des caméras de surveillance ! (*)

— L'espérance est-elle encore dans la boîte ? c'est devenu un chapeau de prestidigitateur, il n'arrête pas d'en sortir... nous revivons les plaies d'Égypte. Nos pauvres enfants... pour moi-même je ne crains plus rien, bien sûr, sauf la mort. Je me demande d'ailleurs si un vieux philosophe comme moi a encore ce privilège. Et vous, que craignez-vous ?

— La jarre, vous savez, je crois être tombé dedans quand j'étais petit. J'ai appris tôt que la peur n'évite pas le danger. Mais elle développe la conscience.

— Messieurs, s'il vous plaît, vous n'entendez pas ? nous fermons.

(*) George Orwell est le pseudonyme d' Eric Blair.

Je déjeunai en famille. Javotte avait rapporté ses premiers travaux de maternelle. Hawdem me raconta sa matinée.

— Ruth a écrit. Tu sais qu'elle regrette toujours qu'on ne soit pas plus près.

— Que tu ne sois pas plus près.

— Idiot ! encore heureux qu'elle ne soit pas amoureuse de toi ! Elle dit qu'elle pourrait peut-être t'avoir un travail, qu'elle en connaît un qui va se libérer. Tu sais, elle fréquente beaucoup de gens des affaires culturelles.

— Comment a-t-elle pu imaginer une chose pareille ? C'est pour diriger un festival ou porter des livres dans une médiathèque ?

— Elle n'a pas expliqué en quoi ça consiste. Mais elle a dit que ce serait plus intéressant que ce que tu fais actuellement, et mieux payé. Et stable. Tu sais, elle n'a pas dit ça pour te vexer... et puis tu dis toujours que ton boulot est ennuyeux... Ne me regarde pas comme ça ; alors là ! si tu savais... Ce que tu vas décider ne va pas m'empêcher de dormir.

— Si tu as envie qu'on aille habiter là-bas... Moi ça m'est égal. Ici on commence à savoir que je ne progresse pas à l'intérieur des boîtes où je passe. Je croyais qu'il fallait prendre des initiatives, proposer des choses, ce n'est pas comme ça que ça marche. Quand tu viens avec une idée géniale, c'est comme si tu préparais un putsch. On ne te renouvelle pas, et trois mois après un sous-directeur la reprend à son compte. Les idées viennent d'en haut ; avant d'en avoir, il faut cirer des pompes.

— Je suis allée à la poste pour lui téléphoner, la remercier et lui dire qu'on lui donnerait vite une réponse. On a pas mal parlé, elle m'a expliqué tout ce qu'on pouvait faire avec internet, le gros avantage c'est qu'on aurait le téléphone et qu'elle pourrait m'appeler. Avant de chercher Javotte à l'école, je suis passée par le marché ; il y a deux imams qui m'ont abordée, ils m'ont dit qu'ils m'avaient déjà vue avec une femme qu'ils connaissaient, qui leur avait dit que j'étais irakienne. Ils m'ont parlé de mes frères qui souffraient, voulaient savoir si je gardais des contacts, ce que je faisais pour leur venir en aide, ...

— Ils étaient comme le barbu qui était chez les amis de Ruth, celui qui posait plein de questions ?

— Le genre. Je ne les ai pas envoyés balader, je ne leur ai pas dit que je n'étais pas arabe, ni musulmane, je suis restée polie ; et ils ne m'ont pas fait de remarques sur ma façon de nouer mon foulard.

— Un barbu c'est un barbu. Trois barbus c'est... al Qaeda.

— Quoi !

— Non, ne t'inquiète pas, ceux-là ne prêchent pas le bon dieu, ils prêchent le faux pour savoir le vrai. Je suis certain que ce sont mes nouveaux amis qui veillent sur nous.

— Est-ce que nous courons un danger ?

— Non, non... enfin ce n'est pas imminent. Je te le dirai.

Mardi soir. Je viens de vider deux boîtes de munitions. Je vais arrêter là. Moretti et Smert sont au rendez-vous, il va falloir se les fader.

Je pris un jus de fruit, et commençai dans la bonne humeur.

– Où en étions-nous ? À quoi sert l'excellence si on ne lui fait pas de publicité, c'était ça ?

C'est bien sûr Smert qui tailla le gros de la bavette :
– Chacun met son expertise au service de ses convictions ou de ses intérêts.

– Je trouve que c'est un peu étroit comme vue, mais...

– Vous avez fait vœu de pauvreté, mais vous avez sûrement des opinions. Qu'est-ce que vous pensez du Président, par exemple ?

– Du président... ?

– De la République.

– Ah ! mais pourquoi croyez-vous que je cache si bien mon jeu ? Si je m'entraîne en cachette, c'est pour le buter, cette idée !

– Imaginons qu'on vous paye suffisamment...

– Mais imaginons qu' « on » soit qui ? Allons, messieurs, vous n'êtes pas de ceux à qui l'on demande de jouer cartes sur table, mais au moins que je sache à quelle sorte de jeu...

– Ce que nous voulons savoir, c'est si nous pouvons être partenaires. Nous recherchons les hommes ayant votre parcours atypique, mais nous sommes prudents. Si vous ne courez pas après l'argent, c'est peut-être aussi qu'il vous attend quelque part... Question légitime ?

– Un contrat, hein ? À votre place – si je m'inquiétais de la sûreté de l'État – je regarderais plutôt dans vos rangs.

— Comment ça ?

— Tout ce qu'il y a de républicain dans les forces de l'ordre est éradiqué au profit de l'exhibition musculaire. Moins de flics, moins payés, nourris comme les fauves avec un yaourt par jour. Ils commencent même à déserter le tir sportif ; parce que le flash-ball et le taser, au moins, ils ont le droit de s'en servir. Je connais des nostalgiques qui perdent pudeur et devoir de réserve parce qu'ils ne voient plus la noblesse de leur profession. Ni le pouvoir d'achat. Tiens, vous voulez que j'appelle mes copains là-bas et que je leur présente mes deux amis qui me demandent de tirer sur le chef de l'État ?... Ça jettera peut-être quand même un froid.

— Je vous déconseille de le faire ; et on ne vous demande pas ça. Je pense que vous avez à peu près compris qui nous sommes. C'est sur vous, en revanche, que peut peser le soupçon de vouloir porter atteinte à la démocratie.

— Moi, porter atteinte à la... démocratie, dites-vous ? Oh non... Vous savez, c'est dangereux de réveiller les somnambules.

— Hum... on a parfois du mal à vous suivre. Et si elle était menacée, vous resteriez sans rien faire ?

— Ah, si un régime autocratique s'installe, c'est le plus simple. Comme pour un ténia, vous faites tomber la tête et le reste part avec la merde. Pour les autres parasites, je ne suis pas compétent, vous n'avez qu'à créer un parti politique. Vous êtes bien des hommes de réseaux, non ? Et puis, vous avez vos coudées franches, à chaque bavure le sentiment de sécurité grandit chez les braves gens.

Avec tout ce que je balançais, pouvaient-ils encore voir en moi un agent dormant ?
– On se demande juste si on peut vous faire confiance.
– Bon, écoutez messieurs, là vous devenez lourds, je trouve. Si vous n'avez pas de jeu, vous vous couchez. Ou vous mettez des jetons ; on ne va pas continuer à faire des tours de table.

Moretti se tordit la bouche comme s'il se nettoyait une dent du fond avec la langue. Crache, mon gars.
– Il me semblait qu'on vous avait proposé de travailler pour votre pays.
– Je n'avais pas compris que c'était émolué... On peut entrer dans la fonction publique sans passer par les concours, alors ? Vous avez la retraite à quel âge, vous ?
– Il y a des missions pour lesquelles nous sommes obligés d'employer des francs-tireurs. Et je vous rassure, vous n'aurez à tuer personne.

Smert me passa un code Dalloz. En le prenant, je compris que c'était une boîte camouflée en livre. C'est lui qui reprit :
– Il n'y aura pas de feuille de paye... Cette édition fait deux mille cinq cents pages.

Autant de billets de dix, apparemment. Tout ce qu'il y avait de plus légal : le montant des fonds secrets était voté et publié au Journal Officiel.

– Ça m'ennuie vraiment de refuser, parce que j'aime beaucoup l'objet.

– Si vous acceptez, vous recevrez aussi le code civil, le code pénal, le code de commerce, et le second volume de ce code du travail.

– C'est comme le Club du Livre, la première livraison est cadeau...

– Effectivement, nous pensons réellement que c'est un cadeau. Que vous ne refuserez pas.

– Je crains les Grecs, ...

– Et je vais vous donner des nouvelles de Doña Ferentes (*), coupa Moretti. Vous vous êtes mariés dans une région troublée, et votre certificat est un peu folklorique... Vous savez qu'en cas de séparation du couple, votre femme ne peut plus prétendre à rester sur le territoire.

– Vous voyez, je préfère quand vous êtes francs ! Mais un, il n'y a pas de séparation en vue. Deux, qu'est-ce que ça peut nous faire de retourner là-bas, elle n'est pas réfugiée politique.

– Un : vous pourriez perdre votre statut de soutien de famille, ce qui la rendra expulsable. Deux a) vous-même n'aurez plus de visa. Deux b) vu ses multiples origines et le nombre d'états qui revendiquent sa région natale, nous aurons le choix de sa destination ; le costard qu'on va lui tailler pourrait ne pas y être à la mode.

– Et les enfants, vous avez aussi songé à leur avenir ?

(*) *Timeo Danaos et dona ferentes* : Je crains les Grecs même quand ils font des cadeaux.

– Ses enfants ne sont pas étrangers, la Nation a des devoirs à leur égard.

– Ah c'est ça que ça veut dire, pupille de la Nation, mes enfants sont la prunelle de ses yeux ! Si vous voulez expulser la mère naturelle d'urgence, faites donc une césarienne avant terme, je crois que le fœtus est viable...

« Hé ! les droits de l'homme ne sont pas faits pour les sous-hommes.

– Vous êtes bien cynique.

– C'est-y pas merveilleux ? j'ai réussi à vous le faire dire ! Mais qu'est-ce qui se passe, je suis embauché ! L'indice de confiance remonte, je ne suis plus tueur à gages, ni traître, ni Ravachol ?

– Vous n'avez pas le profil.

– Oh, c'est méchant ! Mais au fait, je commence quand ? Est-ce que je dois démissionner de mon travail ?

– Je ne vois pas comment vous allez nourrir votre famille ? Vous comprenez ça, Smert ? M. Claverie a peut-être touché une grosse somme d'argent récemment.

– Je n'en ai pas entendu parler, dit Smert, puis en me regardant : Faites juste attention aux accidents de travail. Vous aurez besoin de vos facultés le moment venu.

– Eh bien alors, autant vous prévenir : Il se peut que j'aille m'installer à Rhodeham pour raison professionnelle. Ça vous est indifférent, je suppose ; vous savez me trouver quand vous avez besoin.

– Rhodeham ? c'est une belle ville ! Je suis sûr que vous vous y plairez.

* * * * *

À mon boulot, ils ne me gardent pas. C'est vrai que ma concentration devenait nulle, mais ça se goupille trop bien avec le travail que m'a trouvé Ruth. Je n'aime pas les portes qui s'ouvrent toutes seules.

Au moins, je n'ai pas à retourner à l'agence qui *offre* des emplois, où ça commence à devenir n'importe quoi. Un cynisme ! Mais qu'ils changent l'enseigne, qu'ils mettent plutôt : « Au plaisir d'offrir » ! Et j'ai l'impression que ça ne va pas s'arranger, on n'entend déjà plus les politiciens parler de « la lutte contreul' chômage » ni de « créer de l'*empois* ». Il faudra quand même quelque chose pour coller les gens, sinon ils vont être libres.

Emploi : je croyais qu'on employait des outils. Telle est la force du signifiant, il confère sa nature au signifié. Offrez le servage, on dit merci ; employez-nous, on devient des choses. Nommez "mets" la merde, on s'en régalera.

On rigole, on rigole... bientôt je vais moins rigoler. Mes amis ont posé leur nasse, et je suis en train d'y entrer, impuissant comme je ne l'ai jamais été. Car – tout le monde sera d'accord avec moi – rien ni personne ne peut justifier de sacrifier femme et enfants. Ah si, il y a l'État et l'effort de guerre. Aux mères les plus aimantes les pleurs semblent alors suffire, de voir la chair de leur chair en chair à canon.

Oh ! c'est vrai, il n'y a plus de guerres... J'avais oublié.

Ça va mal. Pourtant j'ai un moral d'airain. Pour la première fois, devant une impasse, je n'ai pas la vision d'un verrouillage de culasse ou d'un percuteur comme fantasme de solution radicale. Je vois, au loin, un disque noir sur un fond blanc. Ma cible est l'œil du destin. Il est flou. C'est normal : l'erreur des débutants est de regarder la cible, il faut du temps pour apprendre à regarder la mire. La mire de mon avenir est désormais très nette. Je dois encore être patient, reprendre peu à peu le contrôle. Mais le doigt sur la queue de détente, au point dur, c'est le mien.

* * * * *

Notre déménagement près de Rhodeham s'est effectué comme prévu, trois semaines avant que je commence à travailler. Et en attendant, je cherche une chambre en ville car je ne pourrai pas faire 50 km tous les jours. Il est convenu que lorsque Hawdem aura accouché et que j'aurai gagné un peu d'argent, nous trouverons un logement en banlieue. Si Ruth ne peut vraiment pas se passer de ma femme, elle n'aura qu'à venir la voir tous les jours.

J'en suis là. Je sens qu'une conclusion est proche, je l'écrirai si j'en ai l'occasion et lorsque tout sera terminé. Au cas où cela tourne à mon désavantage, s'il y a un dossier où apparaît mon nom, on le lira dans quelques décennies quand il sera déclassifié.

Je me chargerai de ma personne ; je laisse ma bonne étoile à mon épouse et nos deux enfants.

Patsy

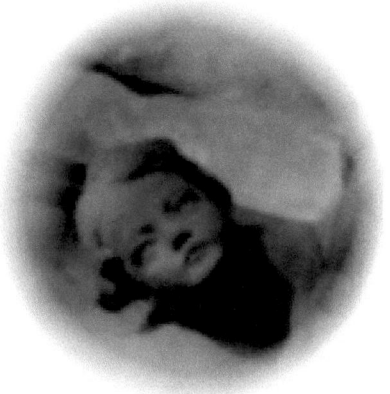

2 - l'exécution

suite (probablement du même auteur) de Patsy / 1

J'ai lu comme tout le monde dans plusieurs périodiques la première partie de cette histoire, qui a connu un succès aussi franc qu'éphémère. Bien que le texte ait été légèrement romancé, il m'est difficile de croire que la phrase ajoutée en exergue ait pu être inventée ; elle m'a permis de deviner comment le manuscrit a pu faire son chemin jusqu'aux kiosques à journaux. Je suis tout de même surpris que cela ait pu passer pour une fiction littéraire, étant donnée la suite qu'y avaient déjà apportée les événements.

Scotomisation ou goût du public pour les histoires qu'on lui raconte... peut-être est-ce la même chose. Il n'y a pas un fossé entre la littérature et les légendes urbaines, le romanesque sert à désamorcer la réalité. Et finalement, cela me laisse toute latitude pour traiter le dénouement avec véracité, quitte à employer pour ce faire un tour maniéré, car me voilà auteur. C'est une des occupations qui me restent.

Si nous avons conservé notre plan d'installation à Rhodeham, les motifs étaient différents. Nous avions de l'argent, mais la famille était plus à l'abri chez Ruth ; il fallait aussi être discret. Je trouvai un meublé dans le faubourg calme et populaire de Courduroy, au-delà de la gare ferroviaire. Une vieille logeuse au regard oblique, rendue méfiante à la vue de mes espèces, se décida rapidement pour la même raison.

Le surlendemain, je me présentais à mon employeur. Pendant dix jours, je portai des caisses et je bricolai des rayonnages dans les services culturels. Puis, on m'a subitement changé d'affectation en me donnant un bureau aux Monuments Historiques. Il y a ici de quoi faire : Quiconque a visité Rhodeham retrouvera dans ce qui suit des images de son séjour dans ce site exceptionnel.

La vieille ville est blottie dans une ellipse appelée Île-Hélène. La rivière qui la ceint s'appelle la Troix, et l'on aime à dire par plaisanterie qu'Hélène est prisonnière de Troix. Celle-ci se partage au sud-ouest de l'île : Vers le nord dans un fossé creusé pour faire rempart à l'assaillant. Vers le nord-est dans son lit naturel, quoique largement aménagé ; sur deux hectomètres, il a été divisé en quatre canaux. Un sert à la navigation, les autres servaient aux meuniers, tanneurs, et autres métiers utilisant l'eau. Une enfilade de ponts enjambe l'entrée de ces canaux, gardés par trois impressionnantes tours carrées de vingt-cinq mètres. Une quatrième, à gauche, fut détruite par un incendie. Et sur la plupart des cartes postales, un marronnier séculaire en masque une dernière, qui surveille de l'autre côté le fossé nord : la tour du Bourreau. L'aspect inquiétant de ces tours a sans doute été personnifié par un célèbre auteur pour la jeunesse, car je les reconnais dans ses *Trois Brigands* aux chapeaux pointus.

À quelques dizaines de mètres en amont se dresse un barrage imposant. Ce long pâté de grès, d'une section carrée d'une dizaine de mètres de côté, couché en travers de la rivière sur de courts piliers, laisse passer le flux hydraulique sous ses arches basses ; une tous les dix mètres, et il y en a treize. Quoique puissamment imaginé, l'ouvrage ne fut pas conçu pour réguler la navigation, l'irrigation, ou prévenir les crues ; c'est un système défensif. Lorsqu'une invasion menace, on ferme les arches : l'ennemi est dehors, et malheureusement pour lui, la rivière aussi !

Le bâtiment a trois niveaux : Sur le tablier, un couloir permet aux piétons et aux deux-roues de traverser la rivière ; il est mal éclairé, car du Sud était attendu l'ennemi, sur lequel l'architecte a froncé des meurtrières étroites. L'étage est occupé par des locaux administratifs fermés au public. En haut enfin, une vaste terrasse – à laquelle le touriste accède par un escalier intérieur situé à l'entrée est du bâtiment – offre une des plus belles vues de la ville.

Le barrage se laisse lui-même admirer depuis les quais du vieux Rhodeham. Ce sont d'abord les gueules sombres, variablement noyées, des arcs surbaissés de ses treize arches. Au-dessus de chacune, deux fenêtres jumelles percent le couloir ; une seconde paire s'y superpose à l'étage. La partie intérieure de leur châssis vitré est une croix latine, dont le croisillon est à la base de l'arc plein-cintre des baies.

La monotonie de l'ensemble a été brisée par une erreur de calcul. L'édifice aggravait les crues naturelles en amont, et la colère des riverains monta avec l'eau. Il fallut rehausser la septième arche − centrale − ainsi que les quatrième et dixième, condamnant six fenêtres du couloir. Voilà qui est déjà plus joli... pour le reste, je crois que ça n'a jamais servi. Surtout, ce qui frappe l'œil, c'est la couleur verte du petit toit raide qui surplombe le tout. Car ce n'est pas le vert-de-gris des dômes de Prague, c'est vert gazon... Mais oui, c'est un tertre herbeux, et dessus, la terrasse panoramique avec tous ces petits bonshommes qui nous prennent en photo !

Regardez l'arche centrale... maintenant, voyez-vous celle qui est à sa droite ? Remontez jusqu'à l'étage : ce sont les fenêtres de mon bureau. Ce n'est pas vraiment un bureau ; c'est une haute salle qui sent un peu le salpêtre et la crotte de pigeon. À la pierre de taille on n'a ajouté que des plinthes électriques et un mobilier sommaire. Mon travail consiste à répertorier le patrimoine statuaire de la ville. Une partie est à l'abri dans les autres pièces. Mes voisins sont des saints à tête de vache, d'aigle ou de lion ; des gisants en *position latérale de sécurité* ; plus loin une théorie de fidèles en dévotion ; une allégorie de la main tendue amputée au coude ; et encore un évêque à cheval, scié à hauteur d'encolure en deux morceaux posés tête-bêche, qui fait face à un griffon... *Un chien regarde bien un évêque !*

Et partout, une ribambelle de gargouilles, des collections de motifs gothiques, des angelots dans tous les coins. Près de moi un chérubin décapité sourit, la tête reposée couchée, sur son cou. Un autre, allongé près de la fenêtre, regarde passer les nuages depuis le clair-obscur.

De la droite au centre du panorama se dressent les trois brigands. En me tournant de quarante-cinq degrés vers la gauche, j'ai face à moi, plein axe, le fossé nord, dont le tracé est rectiligne sur quatre cents mètres, avant de tourner à droite au troisième pont pour dessiner l'ellipse. Rive gauche, du barrage jusqu'au premier pont, s'étendent sur deux cents mètres les bâtiments de l'ENT – École Nationale de Technocratie – dont les murs clairs plongent directement dans le courant. Au-dessus des tuiles où veillent des chiens-assis, s'élance de l'intérieur un autre toit, pyramidal ; en émerge un clocher zingué, cylindre à claire-voie surmonté d'un cône. L'enceinte de l'école est ouverte du côté du barrage, me laissant voir derrière une grille un peu de sa vie intérieure.

Devant la grille, dans l'angle mort où débouche le couloir du barrage, une esplanade s'étend jusqu'aux abords du grand portail du Musée Art-Temps-Danse. Tacitement, elle est attribuée aux skateboards.

Je n'avais pas touché mon premier salaire que je prenais un congé parental. C'est Juni qui apportait des nouvelles de l'en-deçà. Elle est avec sa grande sœur le point aveugle de tout ceci. N'intervenant pas dans l'action, mais lui donnant toute sa consistance. Tout ce que je possédais se trouvait chez Ruth, mes femmes sous son toit, nos affaires dans une remise et dans son garage.

Je m'attendais à avoir des nouvelles de Moretti, mais pas à le trouver en arrivant au travail, deux jours après mon retour, les pieds sur mon bureau. Ce que je ne pris aucunement comme un manque de bonnes manières ; c'était son attitude professionnelle.

– Ça va le boulot ?

– Bien, je vous remercie. Ça sent un peu le piston, mais je me débrouille. Où est Smert ?

– Il vous salue. Nous avons pensé à vous, vous savez. Nous avons presque complété votre biographie, le plus dur a été d'obtenir une copie de votre dossier militaire... qui n'a fait que confirmer ce que nous savions.

– Forte tête, c'est ça ? Vous venez m'apporter ma feuille de route ?

– Elle ne va pas effrayer un vieux routard comme vous. Justement, j'aimerais qu'on parle d'abord un peu de vos souvenirs, ça ne vous dérange pas ? Vous avez donc été dégagé de vos obligations militaires... Et peu de temps après, en octobre 88 – vous avez juste dix-neuf ans – vous partez au Mexique. Pas au meilleur moment, hein, d'ailleurs, car le pouvoir est menacé.

– Oui... par des bulletins de vote qui, par bonheur, ont brûlé. À quoi sert la démocratie si les gens votent mal ?

– En janvier, vous êtes au Nicaragua, où les sandinistes se préparent à organiser des élections.

– Il y avait eu l'Irangate. Les Contras ne recevaient plus d'armes de Reagan... ils pouvaient bien voter.

Vous voulez un café ? Vous excuserez le camping.

– Ah ! oui, un café italien, volontiers. En février, vous êtes au Venezuela au moment du *Caracazo*...

– Je crois qu'on n'a pas le compte des victimes à un zéro près, mais je pencherais pour le mettre.

– C'est à ce moment-là que nos collègues de la CIA nous signalent votre présence dans la région, et nous demandent qui vous êtes. Vous vous intéressez beaucoup à la politique : Au Brésil et au Paraguay, qui mettent fin à trente-cinq ans de dictature militaire ; vous suivez aussi les campagnes électorales en Argentine et au Chili, où Pinochet a lâché le pouvoir.

– Pardon, au Paraguay, c'était un coup d'état militaire, et on a laissé au dictateur une retraite bien dorée. Mais peu importe, c'est vrai que tout un continent a ressorti les urnes d'un seul coup, même si au Salvador et au Panama, ça ne s'est pas mieux passé qu'au Mexique. La situation de l'oncle Tom était la suivante : D'un côté, Ivan se retirait du jeu, et le féodalisme n'est pas meilleur pour le commerce – surtout avec le problème de la dette associé à l'hyperinflation. De l'autre côté, quand vous avez installé des républiques bananières, il est difficile de rendre les bananes.

– Début 90, vous arrivez au Cap, Mandela est libéré. En mars, vous passez en Namibie, pour l'accession à l'indépendance ; on vous voit avec des hommes de la Swapo. Et en avril, chez les hommes bleus... Vous saviez ce que préparaient le Mali et le Niger ?... En juin, c'est mai 68 à Abidjan, vous n'étiez là que depuis vingt jours. Puis vous traversez le Sahel... où je ne doute pas que vous ayez fait tomber la pluie. Le 6 juillet, vous êtes à Mogadiscio quand le président Barre fait tirer sur la foule : un massacre. Vous évacuez l'Afrique et le 12, vous débarquez à Al-Fâu, Irak, trois semaines avant l'invasion du Koweït. Vous remontez le Tigre. Le 18 août, nos ressortissants sont retenus comme otages, vous venez de quitter Mossoul. On perd alors votre trace pendant cinq mois, aucune de nos sources ne vous donne mort ni vif, à part la copie d'un acte de mariage qui vous situe toujours en Irak, aux confins de la Syrie, de la Turquie et de l'Iran. On ne sait pas ce que vous faites, l'amour pas la guerre, probablement.

— Peut-être le coin le plus tranquille de la planète à ce moment-là... Le calme avant *Tempête du Désert*.

— Mais quand le régime baasiste commence à vaciller, vous vous présentez avec votre jeune épouse à la frontière turque, où vous êtes interrogés par des officiers de l'OTAN. On se demande si vous êtes la traînée de poudre, ou bien l'étincelle.

— C'est vrai que raconté comme ça... Je vais vous faire une confidence. C'est quand j'ai entendu que la coalition poussait les Kurdes et les Chiites à se soulever contre le régime, que j'ai décidé de partir. Et j'ai vu juste, car dès le début de l'insurrection, les États-Unis ont arrêté la guerre. Saddam étant occupé à massacrer des Irakiens, il allait laisser les émirs tranquilles. Mais nous avons tout de même encore traversé des horreurs. Au moment où nous passions chez des cousins arméniens

de ma femme dans le Haut-Karabagh, les Azéris l'attaquaient. Nous avons pu en réchapper parce que je n'avais pas le type.
— Vous avez le chic, vous. Je me demande si comme *honorable correspondant* vous ne seriez pas aussi précieux que comme tireur !

Cette conversation se tenait devant un ballet de bateaux-mouches, au milieu d'un auditoire pétrifié, avec une cafetière italienne qui crachotait sur un camping-gaz. Si on peut comprendre un mot largement galvaudé, la scène était assez surréaliste. Mon invité largua un demi-sucre, et reprit en touillant :
— Votre connaissance du Moyen-Orient, avec la carte de visite que vous allez vous faire ici, pourraient nous être utiles si vous retourniez là-bas.

Agent de pénétration... Ce qui est beau chez les manipulateurs, c'est qu'ils ne doutent de rien. Ça commence avec le conditionnel – vous êtes encore sur un pied d'égalité – ; on passe à la technique du pied dans la porte, avec les propositions *à* subordonné ; et ça se termine un jour au mode impératif : va, esclave.
— Vous serez exfiltré à l'étranger après votre performance. On fera d'une balle deux coups... vous êtes ici pour simuler un attentat contre le Président.
— Ah ça se passe ici.

Il tendit les mains paumes vers le sol, les doigts écartés, regardant à gauche et à droite dans la pièce.

– Ici...

Quand il fut certain de s'être fait bien comprendre, il poursuivit :

– Le but de l'opération est de faire accepter un renforcement de la sécurité, et de créer de l'empathie pour un chef qui s'expose.

– Compris. Je vise le 9. Est-ce que le 10 est au courant ?

– Indirectement... Nous sommes chargés d'étudier la faisabilité d'actions hostiles.

– Je me disais aussi, c'est pas ça qui peut expliquer tous ses tics.

– Non, vous savez d'où ça lui vient ?

– Ça n'a pas un rapport avec les affinités qu'il entretient avec la moitié du showbiz ?

Moretti avait déplié un plan de la ville sur le bureau.

– Je vois qu'il vous est resté quelque chose de la Colombie, en plus du café ! Bon, nous sommes le 31. Il doit venir à l'Assemblée Continentale la matinée du 22. Il se rendra ensuite à une cérémonie place Berkeley... voyez, ici ; vous connaissez déjà un peu la ville ? Il repartira par la rue du 12 Décembre – on vous communiquera le programme et les timings exacts –, et puis il passera là, sur le pont Tricolore.

Son index passa de la table à la fenêtre.

– Vous le voyez là-bas dans les géraniums ?

Me tendant une petite paire de jumelles :

– Il arrivera donc de la droite.

– Et nous sommes à l'instant T. Il faut que je rate pas quoi ?

– Attendez, on termine le parcours tel qu'il est prévu... Les services de sécurité commencent à se relâcher parce que leur boulot est presque terminé. Après le pont à gauche, la foule sur le quai est déjà moins dense ; encore cent mètres, et le chauffeur va pouvoir actionner la commande du toit escamotable. Le véhicule fait un S ici pour contourner l'ENT et le musée ; les vitres blindées seront remontées quand il passera devant la gendarmerie.

– Il n'a pas besoin de peloter Madame devant les pandores.

Moretti lâcha un sourire ; ça alors ! il y aurait un fond salace chez cet homme ?

– Vous avez raison, surtout qu'ils seront au garde-à-vous... Bon, là, la rue du Sommeilh... Traversée du boulevard extérieur... Juste derrière enfin : l'autoroute ; vers le sud, direction l'aéroport.

– S'il est touché, c'est au nord, direction l'hôpital Pierrott.

– Vous ne le toucherez pas, monsieur Claverie, votre réputation est en jeu.

– Alors justement, comment ça se passe ?

– Vous voyez les trois pots de fleurs ? Je voudrais voir celui de droite éclater en autant de morceaux que possible.

– Au milieu de la foule.

– Il y aura très peu de monde sur le pont, parce qu'on n'y installera pas les barrières de sécurité. Tenez ! regardez le tramway qui passe... On ne va pas arrêter le trafic une heure, juste pour mettre de la foule sur un pont. Et le spectacle sera meilleur avec la scène dégagée.

— Et avec le toit remonté ? On annonce de la pluie...

— Ces bagnoles-là ne sont pas des véhicules de particuliers, le propriétaire se moque des intempéries. Mais même s'il tombe des cordes, sa vitre sera baissée s'il ne veut pas passer pour un mufle.

— Est-ce qu'il est possible de savoir à quelle vitesse ira la voiture ? Il me faudra aussi le livre technique du véhicule.

— On vous donnera tout ça... Vous pourrez suivre la matinée en direct à la télé, toutes les caméras de la chaîne locale seront mobilisées. Ça vous aidera à vous préparer, mais ne vous y fiez surtout pas, il n'y a jamais de direct. La diffusion passe dans un délai numérique avant l'émetteur ; ça laisse dix secondes aux réalisateurs pour commuter leurs images quand une personnalité rate une marche. Votre signal sera l'arrivée sur le pont des deux motards d'escorte.

— Qu'est-ce qui se passe après ? Je suppose qu'on ne va pas venir me féliciter.

— Il y aura peu de policiers à cette distance du parcours, vous aurez le temps de sortir au milieu des touristes. Une voiture de police vous attendra juste en dehors du secteur piétonnier. Avec un vrai policier dedans. Il sera désormais votre contact ; on le trouve au comptoir du *National* à 7h45, avant son service ; c'est un bar pas très loin de votre arrêt de bus. Vous parlerez surtout du championnat, pour le reste, il vous laissera son journal sportif. Ne laissez pas traîner les articles intéressants.

– Ah ! Question bassement matérialiste... Vos liasses de billets ne sont pas faciles à écouler ; vous n'avez pas des bons d'achats du Trésor ?

– Ha ! Ha ! Ha !... Je crois que votre banque a une filiale à Vaduz ; on y fera le dépôt d'espèces à votre place.

– Il y a encore une chose que je ne comprends pas : Mon employeur, il va avoir des ennuis...

– Votre employeur, c'est l'administration ; un truc qui a beaucoup de niveaux. On ne saura jamais qui a mis votre dossier de candidature sur le dessus de la pile. C'est le principe des réseaux. Et puis... ah c'est vrai, vous n'avez pas vu vos diplômes ! Vous êtes la personne qualifiée pour ranger ces pierres.

– Et le type qui m'a attribué ce poste de travail – le poste de tir idéal – on ne va pas lui poser des questions ?

– S'il est soupçonné, c'est qu'il n'est pas dans le coup. Vous savez, les prestidigitateurs ont une technique qu'ils appellent le forçage. Il vous font prendre la carte qu'ils veulent, et vous êtes persuadé d'avoir fait un libre choix. Avez-vous encore des questions ?

– Oui, je suis quoi comme carte ? Valet de carreau ? Qui est l'as ?

– Je vous réponds « Bonjour chez vous ! » Et content d'avoir passé ce moment avec vous. On aurait fini par sympathiser, mais normalement, on ne se voit plus. Place aux intermédiaires.

Au revoir, monsieur Moretti. Derrière la porte, le son de ses bottines se fondait dans la réverbération, et en regardant le pont Tricolore au fond de la perspective, j'imaginais un *Rover* menaçant venir vers moi à la surface de l'eau (*). Le soir, j'eus besoin d'être parmi *les miennes*, même si ça ne laissait qu'une courte nuit entre deux trains. Je parlai spécialement à Juni. Elle me répondit par un sourire, son premier a dit Hawdem.

« Ça va aller, mon petit papa, finis ce que tu as commencé, tu reviendras après. »

À l'aube, je pris ma lunette dans le garage en partant à la gare. C'est un accessoire que j'ai eu avec mon fusil, et qui, comme il a été mentionné, ne me servait pas ; ça fait joli dans les films, mais bon... Le lendemain, je regardai mon pot de fleurs dedans, elle indiqua 340 mètres. J'avais un paramètre... pour les autres, c'était du n'importe quoi. La brume, qui n'est pas rare au-dessus de l'eau ; ou le vent latéral, 4 m/sec et ma balle passe à côté du pot ; pire, s'il fait chaud comme la semaine dernière, j'aurai peut-être des mirages.

Qui était l'as ? Ou l'atout qui croquera le petit au bout ? Parce que ça me semblait déjà tellement évident... Était-ce d'avoir trop étudié le parcours d'Oswald ? je ne pouvais pas éviter de faire le

(*) Le Rover est la grande sphère qui fait la sentinelle dans la série TV *Le Prisonnier*. L'évocation de la série avait commencé dans le dialogue précédent : « Qui est l'as ? » et « Bonjour chez vous ».

parallèle. Si ce que je craignais était vrai, mon affaire paraissait assez mal emmanchée. J'étais une pièce de l'arme du crime ; et dans un crime parfait, l'arme du crime disparaît. Escamoté dans la manche, le valet !

Valet, ou Jack. *All work and no play makes Jack a dull boy* (*) : Quand on prend tout trop au sérieux, on devient crasse. Quelqu'un avait complété le distique : *All play and no work makes Jack a mere toy*. Quand on prend tout à la rigolade, on devient un simple jouet. À son arrestation Oswald avait dit : « *I'm a patsy* », je suis un pigeon. Le dernier des jobards. Tu parles d'un aveu !

Quand l'adulte devient le jouet de ses rêves d'enfant... Lui ainsi que ceux qui l'entourent, dès qu'il a un peu de pouvoir. J'ai déjà cité *Citizen Kane*... ici tout le monde reprend un vieux rôle. Il est notoire que notre Président joue au petit Kennedy, et sa femme à Jackie. Moretti se fait aussi son cinéma, méticuleux metteur en scène. Non, vraiment il ne doute de rien. L'orgueil du manipulateur le rend aveugle et l'empêche de me voir autrement que comme un petit soldat de plomb. Jusqu'au retour au réel, il restera dans son délire prométhéen.

Et moi, si je dois me prendre pour Oswald, ce n'est que pour m'éviter la même mésaventure. Comme on dit au poker, si autour de la table vous ne savez pas qui est le pigeon, c'est que c'est

(*) Cf. *The Shining* , de Stephen King ; film de Kubrick.

vous. Que cela soit clair, je n'ai pas la prétention de résoudre son problème, juste de sauver ma peau et retrouver ma famille.

Mais Lee était bien un espion, du moins y jouait-il depuis qu'il avait lu tous les James Bond au lieu de travailler à l'école. Un cancre qui, entré dans les Marines à dix-sept ans, allait s'y montrer spécialement brillant dans l'étude du russe (*). On imagine bien qu'à l'apogée de la guerre froide, l'Amérique n'apprenait pas le russe à son élite militaire pour le plaisir de lire Pouchkine dans le texte.

Et au moment même où Kennedy faisait le succès de Ian Fleming en citant *Bons Baisers de Russie* parmi ses livres préférés, Lee était déjà à Minsk où il épousait Marina.

Quand il y a une affaire à résoudre, on voit toujours des petits futés apporter la vérité par la preuve psychologique. Mais un gros malin qui se met dans la peau d'un gars pas très malin ne laisse pas son ego au vestiaire ; il cherche souvent des mobiles et des moyens d'action intelligents. « Moi, si j'avais été lui, j'aurais fait ci, et si ça avait été moi, j'aurais fait ça. »

Quant au président, si j'étais lui, je ne me prendrais pas pour quelqu'un qui a répandu son esprit sur la banquette. Lui, peut-être qu'il n'y a que ça qui l'excite. L'explication par le délire n'est pas une explication délirante.

Tout enfantillage est même à prendre en

(*) Ce genre d'anecdote semble peu inspirer les pédagogues.

compte. Après tout, Freud a écrit un livre sur les calembours, et personne ne l'a pris pour un petit rigolo. Oswald est né à la Nouvelle-Orléans, où on parle un peu le français ; sa mère avait un nom français, et ses initiales à lui étaient LHO. Il devait savoir les prononcer « elle a chaud », et s'il connaissait les deux lettres ajoutées par Marcel Duchamp pour sa parodie de la *Joconde*, il pouvait s'imaginer Lee Harvey Oswald agent secret (On the Quiet).

Après cette récréation, revenons à la réalité. La première question était : pourquoi veulent-ils sa peau ? Et j'ai pensé tout de suite à la formule de Lampedusa : « Si nous voulons que tout continue, il faut que tout change » (*).

S'il est arrivé là, ce n'est pas à la force de son poignet, mais bien par la volonté des ploutocrates. Ceux-ci ont cependant en mémoire l'erreur de Thiers à propos de Napoléon III : « C'est un crétin que l'on mènera ». Mettez au pouvoir un caniche déguisé en roquet, il deviendra un lion. Pour une fois, le caniche est resté fidèle, mais il pose un problème plus grave : il est très impopulaire. Il faut donc que l'homme plébiscité comme providentiel, puis caricaturé en monarque, soit le lampiste ultime. Pour que tout continue comme avant.

Et aussi : Comment procéderais-je pour un coup d'État ? Un suicide à huis-clos ? Non, on suicide un

(*) in *Le Guépard*, 1958.

ministre, mais un président, ça laisserait les citoyens désemparés. Une épectase ou une overdose ? Ça nuirait à la fonction. Une maladie fulgurante, un accident ? Dans l'esprit du public, l'ombre du doute refroidirait tout élan vers le successeur.

Non, il faut le sang du sacrifice. L'amour et la haine ne sont pas miscibles, mais on peut provoquer une émulsion : cet homme que tant commencent à haïr va retourner l'opinion une fois de plus. Mort parmi son peuple ! De la main de l'ennemi de tous !

Du fils d'un parrain de la prohibition élu grâce à la mafia, on avait bien fait une figure totémique... En dessouder un pour ressouder les autres, c'est vieux comme la civilisation.

Bien sûr, ça aurait été plus facile le jour du défilé militaire, mais quelle mauvaise publicité pour la Défense Nationale... Oui, c'est une mise en scène, tout doit faire sens. Ici, il a eu les voix des deux tiers de l'électorat, et son indice de popularité a ensuite atteint un record. Sa visite a valeur de symbole et de test. C'est le gouverneur de la ville qui avait été son parrain en politique, on citait toujours sa phrase « Tu es un diamant brut que je taillerai ». Et c'est donc ici que ses mensonges et trahisons avaient été le plus durement ressentis.

Alors, c'est quand les gens sont prêts à vous jeter des œufs pourris que vous allez vous montrer en chair et en os pour qu'ils se disent « Ah ! quand même, quel homme ! » Mais surtout, il faut sourire. Avec un sourire, le Dr Mengele gagne la sympathie d'un cobaye humain. Il n'y a qu'un cas où vous n'obtiendrez jamais du peuple qu'il vienne vous manger dans la main, c'est lorsque vous n'avez rien dans la main. La pulsion alimentaire est irréductible. En résumé, sa remontée dans les sondages dépendait de la réussite de sa visite aux Rhodhamers. On y travaillait... Pour moi, la paye était bonne.

Le premier matin, je fis la connaissance de mon contact au *National*. On s'est juste dit trois mots. J'ai peu participé à la conversation : des pronostics sur le match du soir. Pas une tête de conspirateur, assez jovial, discret mais qui se confierait volontiers davantage.

Enthousiaste et sérieux, l'agent Foss était dans le coup, mais comme quoi ? Voisin de pigeonnier ? Je n'avais aucun moyen de le savoir. Et pas d'informations pour aujourd'hui.

Le lendemain, avec les photos des buts, j'avais les détails que j'avais réclamés. Le surlendemain, personne. Le jour suivant, la photo du véhicule de police garé comme au jour J, avec le nom de l'aérodrome militaire où il me conduirait, et l'hôtel étranger où mes vacances étaient réservées.

Le lundi suivant, je vis qu'André était attablé, trempant son croissant. André est le vieux monsieur du premier épisode. Si on n'a pas une personne sur terre, en plus de sa femme, avec qui on puisse abandonner a priori toute méfiance, il n'y a plus de genre humain. J'ai choisi André. Mis au courant de mon souci, il a voulu servir de force d'appoint. Ma carte postale à peine reçue, il avait amené son épouse en cure, et était déjà en planque près des lieux que je fréquentais.

Je le dévisageai froidement trois secondes et me retournai face au barman, qui expliquait à Foss :

– C'est l'arbitre qui a fait la différence !

– Avec un sifflet comme ça, chez nous on les envoie faire la circulation ! Et le juge de touche, un vrai chef de gare !

Foss s'amusait bien. Un homme venait de s'installer à une table du fond. Il alla le saluer, me lança une œillade d'invitation, et sortit en me cédant la place. Le gars était un peu joufflu, entre deux âges, pas très marrant.

– C'est vous, Claverie ? Je suis chargé de vous remettre ceci. On ne sait jamais, ça peut servir si vous devez couvrir votre sortie. C'est vraiment au cas où.

C'était une banale sacoche en maroquinerie ; plus discrète qu'un holster : Il y avait un colt dedans. Tout ce que je notai d'autre, c'est que le patron du troquet l'avait appelé monsieur Jacques.

C'était la veille de l'avant-dernier week-end. Je repensais à mon séjour en Irak, et au séjour de Lee en URSS. Il avait même entamé des démarches pour y retourner ; avait distribué des tracts procastristes dans un quartier de réfugiés cubains ; tiré sur un général, ce qui ne fut bien sûr connu que le 23 novembre. Vous voulez un espion russe ? en voilà un. Et alors !? Ils nous butent notre président, et non seulement on ne bombarde pas

Moscou, mais on ne convoque même pas l'ambassadeur ! Lequel les attendait de pied ferme : « Faites votre propagande intérieure à votre aise. Mais venez nous chercher des poux, pour voir, et on vous raconte le film, avec les sous-titres. »

Avec moi, c'était encore plus simple, al Qaeda n'a pas d'ambassade. L'ennemi se sophistique. Mais pour ma panoplie, on avait ma femme, les tampons sur mon passeport, toutes les photos prises avec les barbus qu'on m'avait envoyés, et je n'osais pas imaginer le reste. Alors, j'ai décidé que je pourrais participer un petit peu, et pour une fois je me suis livré à une gaminerie. J'ai acheté à la gare un journal en arabe, et *Pif* . Le lendemain à l'heure de la sieste des petites, j'ai monté mon fusil et demandé à Hawdem de me prendre en photo dans le jardin, sans lui dire que nous allions jouer à Lee et Marina. Comme je posais, elle dit :

— Mais pourquoi veux-tu te représenter ton fusil dans une main et tes journaux dans l'autre ?

— Ça ne te plaît pas...

— Pour tout te dire, ça me semble très con ! Quel est le message ?

— Merci, Hawdem. J'avais besoin de ton sentiment. Maintenant, prends-moi quand même, c'est pour un ami ; je t'expliquerai un jour.

Très con. Mais sur la couverture de *Time*, Hawdem resterait la seule à me trouver très con. Parce qu'un *people*, même nu avec une plume dans le cul, non seulement n'est jamais con, mais communique son intelligence à ceux qui le regardent. Mais à quoi sert qu'Andersen écrive des contes ?

Interrogé au sujet de ce qu'on appellerait les « photos de l'arrière-cour », Lee avait eu le temps de dire qu'elles étaient truquées, ou quelque chose dans ce goût-là. Et tous les experts de l'époque furent mobilisés pour dire que oui, elles étaient, que non, elles n'étaient pas. C'était très con. Car moi aussi, Ducon, mes photos sont truquées, puisque je les ai faites pour manipuler l'opinion. À la différence de Lee, je n'ai pas été manipulé pour le faire ; c'est mon cadeau d'adieu à Moretti.

En semaine, je passais mes soirées dans ma chambre. Il s'était mis à pleuvoir tous les jours, et je ne sortais entre deux averses que pour marcher un peu. J'avais mon jeu d'échecs, et un recueil de problèmes de Sam Loyd, ce maître de la mystification. Je terminais toujours la soirée sur un problème dont la clef m'échappait. Trois fois sur quatre, au réveil, je jouais la clef sans que je puisse dire que ma main en eût reçu l'ordre. Je ne crois pas que la nuit porte conseil, mais que le cerveau attend que le crétin soit couché pour pouvoir penser.

Un soir, je séchais sur un trois-coups. Je pensais avoir affaire à un Loveday, c'est-à-dire un thème indien avec une batterie fou + tour, mais je n'arrivais pas à la monter. En me levant, je ne résolus pas le problème. Mon cerveau avait travaillé sur autre chose.

Aux échecs, la symbolique du fou, c'est le tireur embusqué. Ce n'est un fou que dans notre langue, quoique dans mon cas on ait pu aussi voir une symbolique du bouffon... Pour les autres pièces, c'est plus évident. J'allais sus au Roi, je voyais des tours toute la journée, et je cherchais qui était le petit pion sur la colonne "a", qui grimpait vers sa super promotion.

À Dallas, le jour de l'assassinat, il y avait un pion qui attendait sa promotion. Il s'appelait Nixon. Et G.H. Bush, enfant du pays, n'était pas loin. Le premier, battu d'extrême justesse par Kennedy dans les urnes, n'avait pu mettre à exécution son plan d'invasion de Cuba ; le second, pas encore directeur de la CIA, était en charge de la coordination des Cubains anticastristes. Ces Cubains que fréquentait Oswald le « procastriste ». Moi, on ne m'avait pas collé l'étiquette Castro. Mais autres temps, autres barbus. Ici, dans l'ombre, quels Vietnam ou Baie des Cochons se préparaient ?

André et moi sommes devenus des petits espions perfectionnés ; il y a maints endroits pour passer des messages : les commerces du quartier de la gare, les poubelles du quai de la gare, les toilettes publiques... Il a fait son enquête sur monsieur Jacques. Jacques Forzy, propriétaire de plusieurs établissements de nuit de la ville, fiché aux brigades des stups et des mœurs. Fils prodigue d'un ancien haut personnage politique, jeunesse dorée encline à s'encanailler, confondant caïdat et népotisme, il a, vingt ans plus tard, perdu de sa superbe. Une fois lancé dans la carrière du crime, des types de la quatrième dimension vinrent le voir et lui tinrent à peu près ce langage (je n'y étais pas mais je parle d'expérience) :

« Maintenant que tu t'es dégagé un petit territoire sur les friches morales de la société, on va t'expliquer comment ça se passe. Le monde se divise en deux catégories. Il y a les honnêtes gens qui travaillent gentiment, et il y a les hors-la-loi qui travaillent encore plus gentiment. Tu n'as pas enfreint la loi, tu as changé de côté, et nous contrôlons les deux côtés. En ce qui concerne ta petite entreprise, ce qui précède est aussi valable. Il n'y a pas d'économie souterraine, juste une économie globale. La police a toujours besoin de faire du chiffre et il faut régulièrement soutenir les cours de la poudre. Elle va chez les moins sages. Si tu es très sage, on te laissera des grosses miettes. »

Et de fait, Forzy était un bon petit soldat. Je ne lui ai parlé que deux fois, mais sa silhouette épaisse fréquentait assidûment le paysage.

Huit jours. Il pleut toujours. J'ai délaissé mon échiquier. Ayant accès au fonds bibliographique de la ville, j'y ai trouvé un trésor que je cherchais depuis des années. Rien moins que l'œuvre fondatrice du romantisme, oubliée des lettrés mêmes tant on s'obstine depuis cent cinquante ans à ne pas la rééditer. L'aurais-je trouvée, d'ailleurs, si un archiviste n'avait germanisé le nom de l'auteur pour le ranger à la lettre J ? Aurait-elle disparu sinon, comme de toutes les bibliothèques que j'ai consultées ? Qu'avait donc écrit Edward Young dans ses *Nuits* pour qu'on s'acharne à faire oublier un tel classique ? En épigraphe : *Sunt lacrymae rerum, et mentem mortalia tangunt.* Encore une citation de l'Énéide. La dernière que

j'avais lue était :
Flectere si nequeo Superos, Acheronta movebo, choisie par Freud pour son *Interprétation des rêves*.

   Ces gens qui fouillent le côté obscur sont redoutables.

   À J-3, j'allai au « boulot » en prenant une dernière fois la ligne de tir à rebours, un sacré détour. Le grand beau temps était revenu. Du pont Tricolore, mes fenêtres étaient au fond de la perspective, uniquement barrée par le pont de la Boucherie, avec sa petite écluse et son échelle à poissons. Je l'avais souvent entendu, il n'y a rien de tel que le tir croisé, je cherchais donc des nids de tireurs potentiels rapprochés. Je pouvais enlever tout ce qui est contrôlé par la police : habitations, locaux commerciaux ; les clochers des églises aussi. Restaient les monuments historiques et les bâtiments administratifs (comme ma planque). J'avais deux candidats : la tour du Bourreau et l'ENT. Celle-ci avait aussi son clocher, qui se faisait oublier au ras du toit de l'enceinte nord – celle qui attire les touristes avec ses fenêtres en trompe-l'œil. Un tireur dans le trompe-l'œil ? Dans un film !... Quant à la tour du Bourreau... pas par les meurtrières, qui obligeaient à faire sortir le canon, mais chaque face avait quatre fenêtres, situées juste sous le toit, sans vitres ni barreaux, ni lumière intérieure. En se postant en retrait, dans le noir... Je prends ! Le tireur peut même être quelqu'un de la protection, un petit calibre sera discret à côté du raffut que fera mon missile.

Arrivé dans mon nid, je calculai mon coup avec minutie. Une précision pour les cinéphiles, il ne fallait pas songer à utiliser un silencieux. D'abord, ça ne fait pas « plop » ; mais surtout, le gros boucan ne commence que lorsque le projectile passe la vitesse du son, et il est déjà sorti du canon. Et puis l'image sans le son, ce n'est pas du spectacle... Mon objectif était donc de faire péter le vase au moment où le chef présidentiel serait derrière. La limousine irait à 10 ou 12 km/h, mettons 11. J'avais choisi ma balle ; sa vitesse moyenne sur la distance serait de 850 m/sec. Un voyage de quatre dixièmes de seconde, le temps pour la limousine de parcourir 122 cm. Donc, d'après les données techniques du véhicule, si j'appuyais sur la détente à l'instant où le nez du chauffeur passait derrière le vase, ma ligne de tir alignait les deux cibles, l'officieuse et l'officielle, la première absorbant avec fracas les 2.000 joules du projectile. Je n'avais pas intégré la taille du nez du chauffeur, mais presque. En dernier ressort, une légère nonchalance dans sa conduite plus une rafale de vent, et c'était le deuil national.

Ça, c'était le début du plan A. Quelle pouvait en être la suite ? J'imaginais Oswald – à supposer qu'il fût seulement à sa fenêtre – tout heureux d'avoir manqué une Lincoln Continental de douze mètres carrés à cinquante mètres, s'apercevoir que ça continuait à tirer. La tête qu'il fait. J'imaginais que vendredi, des tireurs postés plus près que moi enverraient des balles subsoniques sur la bonne cible. Peut-être qu'un chien traverserait devant la limousine et la ferait s'arrêter les trois secondes nécessaires. Peut-être qu'un autre fusil – tout près de moi – continuerait d'envoyer des grosses charges (sur une cible où on ne les retrouverait pas) pour qu'on attribue les coups au but au *patsy*, et leurs détonations à l'écho. Peut-être, et peut-être.

J-1. Pendant la nuit, j'ai fait des heures supplémentaires pour visiter la tour du Bourreau. Je crois qu'il y aura un plan B. Un peu plus tard, au barrage, j'en ai préparé un pour ma sortie. Le couloir en bas passe entre des murs porteurs posés sur les piliers du barrage. Entre ces murs les espaces situés de part et d'autre du couloir sont fermés par des grilles. Y sont encore exposées aux passants des statues, avec un souci muséographique subtil. Il y a un effet « vieux débarras », moitié en contre-jour, qui confine à l'étrange. Au sol, sur le côté sud, d'anciennes ouvertures sur l'eau ont été bétonnées, laissant quelques regards, où l'armature du béton se change en grillage. À l'une, j'ai scié plusieurs tiges d'acier, je n'aurai qu'à pousser. C'est par là que s'en ira l'intrépide petit soldat.

> Quels flots, grand Dieu ! dans ce ruisseau ! Que le courant y était fort ! Mais aussi il avait plu à verse. (*)

Les arches en étaient encore noyées, et personne ne me verrait m'y glisser depuis l'extérieur. J'ai même trouvé un vieux grappin qui m'aiderait à remonter la voûte, là où le courant s'accélère.

(*) *L'Intrépide Soldat de plomb*, Hans Christian Andersen

Je suis allé inspecter les pièces voisines, et j'ai constaté que quelqu'un était venu dans la salle de la dixième arche. Si ç'avait été un collègue, il serait passé me voir. Et des pierres ont été bougées : On aurait préparé un affût qu'on n'aurait pas procédé autrement. De plus, une poignée de fenêtre est bien propre et la gâche du bas a des traces fraîches du passage de la crémone, alors qu'on ouvre peu les fenêtres ici. En tout état de cause, j'ai préparé un dispositif pour parer à tout ; par chance, les portes sont aux normes de sécurité.

Je vois un peu d'animation vers l'ENT, qui devrait plutôt être vide, car les entarques sont partis. La prochaine session débute le mois prochain. J'ai appris que le bâtiment était une prison il n'y a encore que quelques années. Hugo n'y avait pas pensé : quand on ferme une prison pour ouvrir une école, autant réutiliser les locaux. Ils auraient bien agrandi les fenêtres, mais mes services ont classé les façades. C'est un élément de décor qui se trouvait déjà là lors de la première représentation, à Dealey Plaza.

Tout était prêt, il ne manquait que l'arme. Ce fut l'occasion de dîner en famille. Ruth ne permettait toujours pas à Hawdem de faire la cuisine, et essayait chaque jour de nouvelles recettes.

Je pensais à la descente de police. Ruth dirait : « Non, je n'ai pas vu qu'il avait emporté un fusil, je ne savais pas qu'il en avait un ici... mais maintenant que vous me le dites, ça me fait penser que j'ai retrouvé la lumière allumée dans la remise ce matin. » Ou comment charger quelqu'un en ayant l'air de ne rien savoir.

Sur l'oreiller, je communiquai à Hawdem nos dispositions pour le lendemain. Après que j'eus donné le biberon du soir, le fil de mes idées se jeta dans une rivière de songes.

<u>6h</u>. À quoi pense-t-on quand le réveil sonne, au jour J ? À l'amour. C'est Hawdem qui me réveille ; quand je suis près d'elle, je méprise les réveils.

<u>7h</u>. Hier, j'ai fait un emballage de fortune avec du papier kraft. J'avais demandé à la dame pipi du barrage, qui habite le village à côté, de bien vouloir passer me prendre, avec mon paquet. Je prétends avoir récupéré des tringles à rideaux pour arranger mon appartement. Elle espérait voir le bébé mais il dort ; elle me demande de prendre le volant parce qu'elle veut voir les photos. Elle en pleure.

À la demie, je déballe mon engin. Je monte la crosse sur l'action, puis le canon. La balle est dans ma poche. Je sors le 38 du tiroir et le pose sur une crédence. Tiens ! le coup du colt avait pourtant raté, en 63. Oswald avait braqué le sien sur un flic, et contre toute attente, le flic, au lieu de l'abattre, lui avait flanqué son poing sur la figure. Le truc imprévisible. Mais c'était la faute à Ruby, c'est lui qui dut réparer la connerie.

Avant de sortir faire un tour, je regarde les armes au milieu des statues. « *Objets inanimés, avez-vous donc une âme* », avait demandé Alphonse. Gérard avait répondu par des *Vers Dorés*. L'acier de mon canon en a une, d'âme. Rayée. (*) « *Un mystère d'amour dans le métal repose* ».

Je monte prendre l'air sur la terrasse. J'ai presque la ville à mes pieds, que dis-je, le monde. Et je ne suis pas seul, il y a derrière ces murs des gens qui comptent sur moi, et qui garderont une sincère sympathie pour ma personne. Quand je serai mort.

8h10. Je commande un chocolat chaud à côté de Foss. Je n'ai pas respecté les horaires, mais il a l'air gai. Il ne m'adresse pas la parole : c'est le dernier feu vert, notre prochain rendez-vous sera quelques minutes après 12h30. Je prends sa casquette sur le bar et lui arrange la forme avant de vider les lieux.

9h. J'allume mon moniteur TV. La cible arrive à l'Assemblée Continentale. C'est le traditionnel discours de l'Union ; ça va durer un bout de temps. Je fais sauter le vieux mastic d'un des carreaux de la fenêtre pour ne pas avoir à l'ouvrir.

9h30. Je descends m'asseoir près du musée. Un adolescent me demande une cigarette à la sortie du couloir ; il est mal tombé. Pour moi il tombe bien, c'est celui qu'il me faut. Je l'attire à l'intérieur.

– Tu sais ce que c'est, ça ?
– Un billet de 500.
– La moitié d'un billet de 500. Tu veux l'autre ? Bon. Tu sais que le Président va passer par ici, tout à l'heure ? Tu attendras de l'autre côté du barrage. Quand il arrivera – pas avant, hein ? – tu iras avec ta planche vers le bureau de poste, tu sais où il est ? Bien. Un peu avant, tu verras garée la voiture de

---

(*) Les rayures de l'âme impriment à la balle un mouvement gyroscopique, qui stabilise sa trajectoire.

police n°70. Tu demanderas au policier l'autre moitié, qui se trouve dans sa casquette. Tu lui donneras cette lettre. Quand le cortège arrive, tu as compris ? sinon tu n'auras rien. Dans sa casquette, tu lui diras.

Je prenais le risque que le gamin donne ma lettre trop tôt, mais c'était le seul moyen que j'avais trouvé pour sauver Foss.

« Cher Foss, Ami ou ennemi, en tout cas ça ne se passe pas comme tu l'avais cru. Ta peau ne vaut plus rien. Tu as deux façons de disparaître, choisis la bonne ! Ne m'attends pas. C. »

<u>10h</u>. Avant de m'enfermer dans mon bureau, je vais coller mon oreille deux portes plus loin. Il y a une clé dans la serrure à l'intérieur. Quatre minutes de patience et j'ai confirmation que j'ai des voisins.

<u>10h30</u>. Il monte à bord d'une vedette. Celle-ci remonte la Troix. Il débarque sur la place de la Criée, une grosse tache rose sur l'écran le suit.

Je prends une visée. De ce côté-là, il n'y aura pas de problème. Mais en faisant exploser ce vase, je risque de tuer l'Espérance.

Scrutant le clocher de l'ENT à la lunette, j'aperçois du mouvement. Il y a un type avec un fusil. Je l'ai pris d'emblée pour un membre de l'équipe de sécurité. Mais pourquoi a-t-il un silencieux au bout de son canon ? À l'entrée de la ligne droite, c'est l'hypothèse du complot qui tient encore la corde.

<u>10h45</u>. Il y a une cérémonie au Palais Trojan. La maire fait le Président citoyen d'honneur de la Ville.

Elle lui dit, se référant à l'accueil chaleureux qui lui serait fait : « Vous ne pourrez pas dire que Rhodeham ne vous aime pas, monsieur le Président ».

<u>11h</u>. J'aperçois Moretti sur le chemin de garde entre deux bâtiments de l'ancienne prison. Il parle à une femme qui porte chignon, lunettes noires et foulard. Mais je reconnais le tailleur, je l'ai vu à la télé il y a deux heures, accompagnant le chef de l'État à son arrivée. C'est la ministre de l'Ordre Intérieur, ex-ministre de l'Ordre Extérieur. Toujours à crier Victoire ou à la promettre, c'est devenu un nouveau prénom, et sa roublardise lui a collé le surnom de Tricky Vicky. Mon opinion n'est pas meilleure ; si le pouvoir est corrupteur, il est capable de ravages chez une femme, car elle est pleine de ces choses qui pavent l'Enfer : les bonnes intentions. Le pouvoir fait d'un benêt un tyran et de la sainte une succube. C'est elle, mon Nixon, mon pion oublié sur la colonne "a" et qui court à Dame.

<u>11h35</u>. Le Président passe devant la cathédrale, et traverse à pied le dédale des vieilles ruelles. La balle aussi s'approche tout doucement.

<u>11h50</u>. Il arrive place Berkeley. Recueillement entre deux bains de foule : Il préside la commémoration des martyrs rhodehamiens.

<u>12h10</u>. De ma fenêtre, je vois André approcher sur le quai, avec son sac de sport. Il est cool, le bonhomme, d'arriver à cette allure !

<u>12h15</u>. Sur le pont de la Boucherie, il y a des gens qui traversent pour aller saluer le cortège,

certains y restent. Il y en a un sous ma ligne de tir, il va entendre la balle passer au-dessus de sa tête. Il ne faudrait pas qu'il porte un môme sur ses épaules. Eh, mais ! il ouvre un parapluie, plusieurs fois, comme pour l'égoutter, il n'a pas vu le beau temps ? OK, compris ; on m'ajoute une mire à mi-distance pour pallier toute distorsion optique. Quand il le rouvrira dans quelques minutes, j'aurai le vase juste au-dessus.

12h25. Un dernier coup d'œil à la télé. Le couple présidentiel monte en voiture, ils se retiennent pour ne pas se rouler une pelle devant tout le monde. Dans quatre minutes, je les ai en live.

Le parapluie est ouvert ; putain ! il y a même le symbole peace & love dessus (*). À sa droite, j'imagine la tour du Bourreau et le tireur qui attend mon signal.

12h27. Le pion *a* est dans la cour de l'ENT. Elle veut se voir passer le Rubicon, elle va le voir. Début du plan B : Que tout continue pour que tout change.

Mais il y a trop d'angle, pas assez de débattement pour l'aligner avec mon canon. J'empoigne le colt, je tire, et elle s'écroule. Je viens de tuer quelqu'un. Je reprends le fusil, mets en joue le

---

(*) On a aussi interprété la présence de l'homme au parapluie, à 5 m de JFK au début de la fusillade, comme une représentation de Neville Chamberlain. Les émigrés cubains se sont sentis abandonnés par JFK, comme les Tchèques à Munich par Chamberlain. La veulerie de ce dernier est symbolisée par son parapluie, et par son mot : « It is peace for our time. »

clocher zingué. Allez, c'est ma fête ! Je ne sais pas si j'ai percé de l'os, mais avec ce qu'a pris la cloche, le gars est au moins sonné.

Personne n'a eu le temps de réagir encore. Je me précipite dans le couloir de l'étage, le colt à la main, et avant que mes voisins n'aient ouvert leur porte, j'actionne mon dispositif. Un chapiteau à l'ornement obscène, entreposé là, bascule et condamne l'issue. Au-dessus de moi, André a effectué la mise à feu d'une machine infernale. Juste de quoi aider les touristes à descendre en courant. Il y a probablement deux guignols armés là-haut, j'avais estimé que leur premier réflexe ne serait pas de descendre. Je garde quand même le colt à la main pendant la course de quatre-vingts mètres qui me conduit à la porte de l'escalier. L'ouvrant prudemment, je me joins au flux descendant.

En bas, pas encore de casquettes à visière à la sortie, je m'engouffre dans le couloir, me mêlant aux passants qui voient la panique mais ne savent pas de quel côté aller. Dehors, j'ai entendu deux coups de feu, peut-être des ripostes sur mon nid. Je sors ma clé, et lorsqu'il n'y a plus personne à proximité, je passe la grille. Avant de la refermer, j'ai le temps d'apercevoir une escouade d'agents s'engager précipitamment à l'entrée opposée. Cent mètres égalent quinze secondes, je prends le risque de sortir avant leur passage. Je tords l'armature du béton vers moi et me glisse dans l'eau avec le grappin ; puis me sers de mon poids pour redresser le grillage. Quand il a repris sa position, je change de prise pour ne pas le tordre dans l'autre sens. Ni vu ni connu.

Je n'ai qu'un mètre de fort courant à remonter, mais à la sortie il me reste trente mètres à parcourir au fond de l'eau. Une main au grillage, j'arrive à fixer le grappin sous l'eau à l'extérieur du barrage. Je me laisse aller et remonte la corde ; une fois sorti, je m'expulse de la zone de turbulences par une flexion-extension des jambes contre la muraille. J'ai l'habitude de répéter des apnées de cinq secondes, je sais que je peux tenir encore deux minutes, mais il ne faut pas que je rate ma cible ; je ne regrette pas trop de ne rien voir, car l'eau sale me cache aussi.

Il n'y a presque plus de courant, ni de fond ; je vais devenir visible, il ne faut plus traîner. Voilà enfin mon but : À quelques mètres de la rive, sous la frondaison d'un robinier, une barque laissée là pour composer le pittoresque, prend l'eau. Je passe par une partie manquante du fond et émerge sous la planche d'un siège d'où pend de la mousse.

Ne plus bouger et attendre, les doigts de pieds dans la vase. Bleu de froid. Tremblant pendant des heures. L'impression de me déliter comme un comprimé d'aspirine ; et sentir mes facultés mentales succomber à l'hypothermie. Je suppliais les canards qui passaient me voir de me donner des coups de becs pour faire circuler mon sang. Quand le jour se mit à baisser, je crus que c'était ma vue ; j'étais aussi vif que le petit soldat de plomb...

Alors il pensa à la gentille petite danseuse qu'il ne reverrait jamais, et crut entendre une voix qui chantait :
(*)

J'habite un blockhaus sous la mer ... (†)

André, enfin ! Le promeneur du soir a pu faire son tour en barque, le périmètre était rendu aux flâneurs. Je n'avais aucune sensation ni de ce que je faisais, ni de la volonté de le faire, mais j'ai encore nagé quelques brassées pour me retrouver arrimé sous mon compagnon, bloquant mes avant-bras autour d'un câble fixé entre les tolets, et respirant par un tuba traversant la coque.

André remonta la rivière jusqu'à l'Aviron Club. Quand il accosta un saule, la nuit était tombée. Il me tira sur la berge.

– Comment vas-tu ?
– Comment ça va ?
– Elles sont arrivées sans encombre.
– Merci. La vie m'avait abandonné, et je pleurais. Je n'étais plus qu'une chose qui pleurait.
– Oui, petit, c'est ce que disait Virgile, *Sunt lacrymae rerum*. Je t'ai rapporté ton livre... Bon, je vais ouvrir le club house et te trouver des couvertures. Il faut attendre, à présent... tu vas dormir un peu. Evelyne viendra avec la voiture au point du jour. Car cette nuit, tous les chats sont fluo.

À l'heure où le parapluie s'ouvrait, la femme d'André devait sonner chez Ruth. La neutraliser d'une manière ou d'une autre, et emmener mes femmes à moi de l'autre côté de la frontière. Mission accomplie. Je n'avais plus qu'à passer aussi et c'était fini.

(*) *L'Intrépide Soldat de plomb*, Hans Christian Andersen
(†) *Elsass Blues* , Bashung / Bergman.

On ne m'a pas recherché trop activement, on avait suffisamment de gens à qui demander des explications, à commencer par les autres tireurs, dont celui de la tour du Bourreau. J'en avais passé la clé à André qui l'avait discrètement cassée dans la serrure. Il avait allumé la mèche que j'avais laissé dépasser sous la porte, avant de se rendre à la terrasse. Vingt minutes plus tard avait lieu la fusillade, et mon fumigène diffusait par les meurtrières. Les gens dans la foule prenaient peur pour eux-mêmes, tout en regardant passer le couple qu'ils étaient venus acclamer, couché sur le siège d'une limousine blindée où il ne risquait plus rien.

Le lendemain, on a retrouvé le corps de Tricky Vicky dans les débris d'un avion militaire. Le Président lui a organisé des obsèques nationales. L'agent spécial Moretti est au nombre des victimes. Quelques jours plus tard, le gouvernement a été remanié ; des têtes sont tombées aussi dans le Renseignement. Un magnat de la finance a eu un accident de chasse. Des secteurs économiques sensibles ont été mis sous la coupe de l'État, en particulier le complexe militaro-industriel.

Le chef de l'État se défend avec les moyens que lui confère l'État. Il a mis en place une nouvelle politique, mais il semble qu'il soit trop tard. Les réseaux factieux, bien que mis en échec par mon action intempestive, entreprennent de miner les réformes, et montent en épingle l'image d'un Président s'isolant du peuple derrière des vitres blindées. Les citoyens, encore assujettis aux images, plutôt que sensibles à la politique qu'on leur sert, ont pris en grippe le démagogue. Il a pourtant rangé ses coups de menton et restauré le dialogue, mais ils préféraient le roquet à la lavette. Du coup, les voix que l'on faisait taire sont de nouveau écoutées. Ce pays se rassemblera peut-être pour sa liberté, au lieu de s'unir derrière les marchands d'armes contre un ennemi extérieur. Il n'est pas possible de prévoir les conséquences de mon geste – je n'avais pas grand choix –, je m'abstiendrai donc le cas échéant de me faire gloire d'avoir apporté *la paix pour notre époque*.

Ruth va bien... elle fréquente beaucoup moins de gens. Qui ne l'a pas suspectée en lisant ce qui précède ? Je n'ai pas voulu enfoncer le clou car elle n'est pas méchante. Il y a des gens comme ça. Ils trouvent leur place dans la société, et réalisent ensuite qu'ils n'en sont qu'un rouage passif ; alors ils veulent devenir agents de quelque chose, et se précipitent sur la première « bonne cause » venue. Manipulables à merci, ils se justifient toujours des conséquences funestes de leurs embrouilles. Et quand ça tourne vraiment mal, ils trouvent encore à dire qu'ils pensaient bien faire. Quand on est prisonnier de l'ennui, le pire est l'ennemi du bien.

Elle envoie encore du courrier, où elle a exprimé quelque remords, mais Hawdem a pris des distances car elle pense que c'est encore bien insuffisant. Pour quelle version de l'histoire avait-elle cru travailler ? Elle ne l'a pas dit non plus ; par peur ou par honte. Mais la voix de sa conscience lui avait parlé avant. C'est elle qui avait découvert le début de ce récit en fouillant nos affaires dans son garage, et l'avait soustrait à l'enquête à venir en le cachant dans sa cuisine. Et elle ne l'avait pas détruit non plus, s'en débarrassant comme l'aveu d'un crime jeté dans une bouteille à la mer : un livre de recettes dans une bibliothèque de prêt.

Nous sommes retournés élever nos filles dans nos montagnes. Le lecteur ne se rappelle sans doute pas que ma femme est yezidie. Certains auront lu ça en passant, comme un mot inventé pour faire couleur locale, ou *choisi*, signe extérieur de richesse lexicale. D'autres en auront entendu parler comme d'une « secte aberrante ». On extermine les gens, ils se réfugient dans les montagnes... et puis on dit d'eux : « Que voilà un peuple sectaire et farouche ! »

On raconte aussi que les Yezidis ne se marient pas avec des étrangers. C'est peut-être vrai, alors je dois être né Yezidi. D'ailleurs, j'ai aussi appris qu'ils sont exemptés de service militaire... « pour le confort de l'armée ». Cela pouvait bien être le motif de ma propre exemption ! Autre chose à propos de leur religion, elle n'a pas de clergé. Des gens sans curés ni militaires, on ne voit pas ça partout.

Les Yezidis – je dis tout ce qui se raconte sur nous – sont appelés les Adorateurs du Diable. Si tu veux noyer ton chien... Pour un Yezidi, tu es dispensé de prétexte. On n'en a jamais vu un abjurer sa religion ? *Perseverare diabolicum*, n'est-ce pas une preuve ? Notre croyance que le mal est irréductible, et que le négatif n'est pas la négation du positif, c'est ce qui rendait fous les Adorateurs du Bien. Ils avaient des arguments plein la bouche à feu. Ils nous déniaient le droit d'avoir une âme ; sans regarder si la leur n'était pas un peu rayée.

Ne voir la vérité que dans la lumière... Vous connaissez celle du gars qui est à la rue parce qu'il a égaré ses clés ? On lui demande pourquoi il les cherche sous les réverbères... Et le gars dit :
— C'est là que c'est éclairé.
À ceux qui cherchaient ailleurs : la ciguë, l'excommunication, l'asile.

Mais la géopolitique a changé. On ne dispute plus de la Vérité. Le pouvoir n'a plus à se justifier. Il a concentré assez de forces pour être son propre moyen. > plop ! plop ! L'Achéron coule à ciel ouvert.

Et la lumière est au secret. Nous avons un livre sacré, le Meshef Resh, ou Livre Noir, mais il n'est pas ici. Il serait au British Museum.
Il me reste les *Nuits*...

§ § § § §

Toute ressemblance des personnages et lieux de l'action avec des personnes et lieux existants ou ayant existé, autres que ceux liés aux événements historiques nommément cités, serait fortuite.

4 POÈMES

devoir de français, classe de 1ère : « à la manière de Rimbaud »

VOYELLES

A noir, E blanc, I rouge, U vert, O bleu : Procure-
Moi l'impudique ivresse des parfums qu'elles cuisinent.
A, noir bitume, âcre fumée que les usines
Exhalent dans le fracas muet des cités obscures.

E, voiles clairs, caravanes, et blancheur sarrasine
Des sables tranquilles, immenses glacitudes, piqûre
Du givre. I, sang brûlant des soleils de mercure,
Pyramides incandescentes, souffle du khamsin.

U, végétal débonnaire assoiffé de sève,
Océan très secret aux splendeurs abyssales,
Chairs délicieuses de l'enfance innocente.

O, jardin bleuâcé où chavirent nos rêves,
Éther volatil où dansent des draps blanc-sale,
Héros baignés d'une aurore plastique et glaçante.

Vénus commet encor le crime d'adultère

Akazédaire

On eût entendu ah tant sa bouche était bée...
Maintenant elle le sait, Zeus ne joue pas aux dés ;
L'omelette a besoin d'œufs, Christophe Colomb de l'œuf.

Dans l'azur fuit un geai au bruit sourd de la hache ;
Étouffée par la hie, sous les noirs pavés gît
La grève ; en faisant cas, il trace une tire-d'aile
Et vient lui dire je t'aime sous les yeux de la haine.

La callipyge à l'eau s'exerce à l'art des pets
Que de charmes à ce cul ! Les voir éclore à l'air,
Telle Ingres aux sons de l'esse, est bien sa tasse de thé.

Un Pygmalion l'a eue, cette idée lui plaît, vé !
Les bouchées doubles Vénus à l'ouvrage - oh hisse -
Met ; enfin ce ligre est conçu et croît sans aide.

Ligre : fruit des amours d'une tigresse et d'un (pygma) lion.

On eût entendu A tant sa bouche était B...

Maintenant elle le C, Zeus ne joue pas aux D ;

L'omelette a besoin d' E, Christophe Colomb de l' F.

Dans l'azur fuit un G au bruit sourd de la H ;

Étouffée par la I, sous les noirs pavés J

La grève ; en faisant K, il trace une tire-d' L

Et vient lui dire je t' M sous les yeux de la N.

La callipyge à l' O s'exerce à l'art des P

Que de charmes à ce Q ! Les voir éclore à l' R,

Telle Ingres aux sons de l' S, est bien sa tasse de T.

Un Pygmalion l'a U, cette idée lui plaît, V !

Les bouchées W-nus à l'ouvrage - oh X -

Met ; enfin ce l-Y-onçu et croît sans Z.

" La vacuité est un trésor que seul l'hermétisme peut contenir "
(T. Trapak)

CASSE-TÊTE

Affamé, je saisis ce saucisson
Ah comment s'appelle-t-il, il est pimenté
J'en coupe un bout, qui aussitôt pendouille
De l'autre côté, lié à la courte ficelle.

Je l'ai sur le bout de la langue... trop tard !
Le saucisson a varié, m'encercle, et
Rouge encor là où guette l'aurore, m'éblouit.
La ligne se brise ; est-ce que la Treizième revient ?

Non, mais la vingt-sixième échappe.
Et du coup asséné rudement,
À l'instant où la hache s'abat
Mes yeux ne voient plus que des étoiles.

Au bord de la constellation, un astre
Déchoit, et dans la confusion qui suit
Tout s'éteint... Puis rentre dans l'ordre
Mais l'air vient à manquer, atmosphère électrique.

Touché au point sensible, celui
Qui donnait des leçons de droiture
Lâchement cause la fission. Abandonnant
Un petit lâche, impersonnel, mal défini.

Plus d'atome, même crochu ? c'est le divorce
La lettre anonyme laisse une circulaire
(en rapport avec π). Restée seule, celle-ci
Comme « tout marquis, veut avoir des pages ».

C'est ici que mon poème expire
Car elle « s'enfla si bien qu'elle creva. »

(solution p. 158)

Citations de Nerval (*Artémis*) et La Fontaine (I, 3).

Le con

Le siècle avait deux mois, tout au plus à vivre
Et serait le dernier, pour cent ans dans les livres.
Abruti, j'avisais mon vaseux vasistas :
D'un héros, l'ordure s'y attaquait aux mânes
Par la voix du cacochyme Maître B.
Bâtonnier de l'ordre et poète du Parnasse.

Pour un psychorigide au barreau turgescent
La poésie est chose bien trop sérieuse
Pour être abandonnée à la gent oiseuse
Formalisme, art de la forme épris du sang,
Onc ne faut à la règle, qui trace le chemin
Le plus court du nombril à l'horizon commun

Les choses étant c'qu'elles sont, tout doit aller recta
À mon bâton ! tâtez d'métrique d'analecta
L'analogie ? pareil au même, tautologie
Le trait droit, à la règle, le reste en faux-fuyants.
Si son verbe est patelin, c'est par nomologie
Et son œil prudhommesque a valeur d'argument.

À la publicité qu'il fait pour son recueil
De poemade à vous faire de la vie porter l'deuil
Succède une diatribe, un libelle scandé
Sa muse aux seins d'envie est raide comme la justice
Et comme la pauvre idiote elle a les yeux bandés
Or ainsi le cuistre sur le poète pisse :

Dans les manuels, d'un certain Robert Desnos,
Je vois d'horribles poèmes pervertir nos gosses
Je ne sais si cet homme est vivant ou bien mort
S'il m'entend je voudrais mander à ce butor
Qu'il laisse en paix Nature, beaux-arts, et la jeunesse.

Ma pomme, d'vant sa télé, lui montre bien ses fesses
Crie : « Terezin, fumier, n'était pas fait pour toi !
Une connerie de dix-huit mètr', ça n'existe pas
Ça n'existe pas, non c'est bien plus grand que c'la. »

- faut : faillir, ind. prés. 3e pers. sing.
- La nomologie a trait à la rédaction des lois de manière à ce qu'elles règlent les conduites. Ce mot est périmé depuis qu'il suffit d'obéir.
- poemade : prononcer comme pommade.
- « Une fourmi de dix-huit mètres, (...) Ça n'existe pas, ça n'existe pas. » (*La Fourmi*, de Robert Desnos, mort le 8 juin 1945 au camp de concentration de Theresienstadt.)

Solution de Casse-tête

comment s'appelle-t-il = chorizo
j'en coupe un bout = c
pendouille de l'autre côté > horizon
la vingt-sixième = z
coup asséné rudement = horion
des étoiles = Orion
tout s'éteint = noir
atmosphère électrique = ion
leçons de droiture > droit comme un i
un petit lâche = on
lettre anonyme = n
circulaire = o
s'enfla si bien = O
qu'elle creva = _

Il ne reste rien du poème-saucisson.

TABLE

Le roi des zones 7
Épiphanie 21
Squeeze box 33
Patsy 1 65
Patsy 2 105
4 poèmes 149